ハヤカワ・ミステリ文庫
〈HM⑭-98〉

猫はキッチンで奮闘する

羽田詩津子

十七年七カ月の間
愛と幸せを与えてくれた
ジョーンズに

もくじ

猫はキッチンで奮闘する

この作品は《ミステリマガジン》二〇〇二年四月号から二〇〇四年三月号まで連載されたものと、二〇〇七年十一月号に掲載された作品に、さらに新しく四篇の書き下ろしを加えて改稿したものです。

黒っぽい神秘的なソースのかかったチキン
(『猫は手がかりを読む』より)

猫は美食家である。

猫の飼い主にとって、これは経験に裏付けられた苦い真実だ。

したがって、猫の飼い主同士が顔をあわせれば、いかに自分の猫がわがままで、贅沢で、気まぐれで、それに翻弄されているか、という話になる。たとえば、わたしの友人の場合、自分の夕食は吉野家の牛丼ですませても、猫のためには毎週、某高級スーパーの松阪牛をわざわざ買いに行かなくてはならない。なぜなら近所のスーパーの安い外国産の牛肉を出そうものなら、友人のチンチラは大きな目に非難の色を浮かべてにらみつけ、頑として口をつけようとしないからだ。

血統書などとは無縁のわが家のジョーンズですら、バーゲンの猫缶を出すと、ズズッとあとずさりして逃げていくし、スーパーの見切り処分のマグロの刺身にはそっぽを向く。

となると、並の猫よりも六本もヒゲが多く、飼い主のクィララランが自分よりも利口だと認めるココが贅沢なのは、当然といえば当然だろう。だが、クィラランはココ・シリーズ第一作『猫は手がかりを読む』では、まだこの事実を認識していなかったために、とんでもない過ちを犯してしまう。

この作品で、クィラランは美術評論家マウントクレメンズに飼われているココと初めて出会い、飼い主の留守中、ココの世話を頼まれる。夕食には、牛肉をライマ豆ぐらいに小さく切って、ブイヨンで温めて出すようにという指示だった。だが、帰りが遅くなったとき、つい手を抜いてなんと生の牛肉を与えてしまうのだ。するとココは皿に盛りつけた肉の前で「鼻をくんくんいわせた。牛肉を前足でつつき、露骨に身震いした。さもいやそうに何度も前足を振ると、尻尾を北極星の方角にピンと立てて、すたすた歩み去」っていく。猫を飼ったことのある読者にとっては、いたく身につまされる場面である。

そもそも面倒なことの嫌いなクィラランがココの世話をする気になったのは、マウントクレメンズに、手作りのごちそうで懐柔されたからだった。初めて招待されたディナーのメニューは、以下のとおりだ。カスタード・ソースであえたチーズとホウレン草のタルト、ロブスターのスープ、**黒っぽい神秘的なソースのかかったチキン**、シーザーサラダ、デザートにビター・スイート・チョコレート。

さらに、ダメ押しになった数日後の朝食となると、ミント味のパイナップル、ハーブとサワークリームを入れた卵のラミキン、チキンレバーとベーコンのブロシェットという豪勢なものだ。

というわけで、美食家の猫と食いしん坊の人間が多数登場するこのシリーズには、おいしいものがあふれている。シリーズ・ファンにも食いしん坊が多いのか、アメリカでは、シリーズに登場する料理のレシピ本まで出版された。こうなっては、食いしん坊の訳者としても、レシピをただ眺めているだけでは飽きたらない、実際に作って味見もしてしまおう、ということで、ミステリマガジン二〇〇二年四月号からこの連載を始めることになった。

さて第一回は、マウントクレメンズのディナーのメイン、チキン料理に挑戦してみたが、シナモンの香りとチョコレートの風味が溶けあったソースは、たしかに神秘的な味わいだった。ソースの隠し味にブランデーかワインをちょっぴり垂らしてもいいかもしれない。ちなみに、マウントクレメンズがディナーにあわせたワインは、シャトー・コス・デストゥルネルである。

〈今月のポイント〉

鶏肉をとりだしたとたん、ジョーンズがカウンターに飛び乗り、金切り声でねだって作業を中断させたので、猫のいる方はあらかじめ別の部屋に閉じこめておこう。

黒っぽい神秘的なソースのかかったチキン

〈材料（3人分）〉

鶏胸肉3枚／バター大さじ4杯／サラダオイル少々／塩コショウ／小麦粉小さじ4杯と鶏肉にまぶす分／シナモン小さじ½杯／チキンスープ400cc／無糖チョコレート20cc／タマネギみじん切り⅓カップ／人参みじん切り⅔カップ／レーズン¼カップ／アーモンドスライス少々

〈作り方〉

①オーヴンを250度に予熱しておく。

②鶏肉に小麦粉をたっぷりまぶし、サラダオイルとバター大さじ2杯をひいたフライパンで焼き色をしっかりつけ、塩コショウをして耐熱容器にとりだす。

③フライパンの肉汁に小麦粉、シナモンを入れてよく混ぜてから、チキンスープを注ぎ、弱火で少しとろみがつくまで煮て、さらに残りのバター、湯煎したチョコレート、タマネギ、人参、レーズンを加える。

④③のソースを耐熱容器の鶏肉にかけ、肉がやわらかくなるまで、20分ほどオーヴンで焼く。

⑤仕上げにアーモンドスライスをちらす。

ディル・ソースをかけた香りのよいミートボール
（『猫はソファをかじる』より）

猫はウールを食べる。

え、まさか、と思われるかもしれないが、実際、もうすぐ十六歳になるわが家のジョーンズは、三歳ぐらいまで、セーターやら手袋やらマフラーやらを片っ端からかじって、穴を開けてしまった。とりわけショックだったのは、クリスマス用に買って、一度しか手を通していない赤いニットワンピースをかじられてしまったことだ。クリーニング店で広げたときに、裾が大きく破れていることに初めて気づき、唖然となった。手袋のように繕うこともできず、かといって捨ててしまうのもくやしくて、十年以上たんすにしまったままだが、もはや穴が開いていようがいまいが、派手になってしまって着る勇気はない。

ココも『猫はソファをかじる』で、ウールを食べてしまう。ココが狙うのは、ウール一〇〇%のタータンチェックのネクタイだ。どのネクタイにも穴が開いているのを発見したクィラランは、のんきにも、蛾に食われたのだと思いこんでいたが、デーニッシュ・モダンの椅子までかじられ、ココがウールの毛玉を吐き戻しているのを見て、はっと真実に気づく。

あせったクィラランがココを猫精神分析医に連れていくと、パートナーとしてもう一匹飼うように勧められる。そしてやって来たのが、飼い主を失った雌のヤムヤムである。その昔、ジョーンズがやたらにウールを食べてしまったのも、雌のパートナーがほしかったからなのだろうか……。

さて、この作品で、クィラランはインテリア雑誌を手がけることになり、インテリア・デコレイターたちと知り合いになる。その中の一人が花形デコレイター、デイヴィッド・ライクである。三十二歳にして、富と栄誉を手中におさめたハンサムなライクは、自宅の豪華なアパートメントで頻繁にパーティを開く。そのビュッフェは、食いしん坊のクィラランの味覚をも満足させるすばらしいものだ。キャヴィア、エビ、チーズフォンデュ、マッシュルームのマリネ、つめものをしたアーティチョークの芯、ロブスターのサラダ、ポテトボール、しょうが味の細切り牛肉、ハム入りコーンブレッド、そして、今回作った**デイル・ソースをかけた香りのよいミートボール**。クィラランは三度もおかわりをして、おまけに気のいい日本人のサーヴィス係から、おみやげまでもらって帰る。

ミートボールというのは、アメリカでは定番料理らしく、香辛料をきかせたミートボールのレシピは無数にある。今回はディルウィードと、ミントに似た香りのセイボリーを使用して、すっきりさわやかな味に仕上げたが、ジンジャー、レモングラス、バジル、タイム、カイエンペッパー、パルメザンチーズなどなど、お好みでいろいろな味が楽しめるだろう。基本は牛挽肉だが、わたしは豚挽肉を使った。ソースのディルウィードの緑がきれいで、春らしい料理になった。

ワインをあわせるとしたら、果実味豊かなお手頃ワイン、たとえば、ラングドックのミネルヴォワなどはいかがだろうか。ぽかぽか陽気の日には、きりっと冷やしたアルザスの白もお勧めだ。

〈今月のポイント〉

今回はジョーンズの好きな鶏肉も登場せず、静かに順調に調理が進んでいたが、途中、うっかり、ジョーンズの水入れを蹴飛ばして水をぶちまけてしまった。寝ていたはずのジョーンズはガバッと飛び起き、空っぽになってころがった水入れの周囲を歩き回って、非難がましく鳴きわめくので、なだめるのにひと苦労。あやうくミートボールが焦げつきそうになった。料理のときは、猫の皿などは片づけておこう。

ディル・ソースをかけた香りのよいミートボール

〈材料（4人分）〉

挽肉400 g／ベーコン60 g／牛乳⅓カップ／パン粉¼カップ／卵1個／コンソメスープ400cc／コーンスターチ小さじ2杯／セイボリー小さじ⅓杯／ディルウィード小さじ⅓杯／ディルウィード（ソース用）小さじ⅓杯／コショウ小さじ⅓杯

〈作り方〉

①ベーコンをラップをかけずに電子レンジに4分ほどかけ、ペーパータオルで脂を吸わせ、カリカリになったものを細かく砕く。

②挽肉、ベーコン、パン粉、牛乳、卵、セイボリー、ディルウィード、コショウを混ぜ合わせてこね、小さなボールに丸めて、鍋に並べる。

③小さじ2杯分を残して、コンソメスープを鍋に注ぐ。沸騰するまで中火で、そのあとはとろ火で蓋をして、肉に火が通るまで10分ほど煮込む。

④ミートボールをいったん鍋からとりだし、スープのあくをとる。

⑤残しておいたコンソメスープにコーンスターチを溶かし、鍋のスープに入れ、さらにディルウィードを入れて、とろみがついたところでミートボールを戻し、少し煮込む。

ココナッツケーキ（『猫はスイッチを入れる』より）

猫は飼うことができない。

『猫はスイッチを入れる』で、クィラランは犬を飼っている女性にそう教える。いわく「公平な権利とお互いに対する尊敬という条件で、同じ家を共同で使うだけだ」

猫と人間の関係は、たんなる飼い主と動物ではなく、まさに人生のパートナー、伴侶という位置づけなのだと思う。しかも、相手の領分にずかずかと土足で入りこむことはしない、尊敬と愛情に裏打ちされた密接な関係といえるだろう。人間対猫の場合だけではなく、わたしにとって、これはまさに人間関係の理想だ。

　考えてみれば、わたしが心を許して親しくつきあっている人々は、なぜかみんな猫好きだ。少なくとも猫が嫌いな人は、友人にいない。猫好き同士で話があうというだけではなく、猫とのつきあいで会得した独特の距離感が、心地よいせいかもしれない。このあいだも、初対面から妙に気が合った女性が、実は以前からのココ・シリーズ・ファンで猫好きだということをあとで知って、びっくりしたものだ。

さて今回クィラランは、アンティーク・ショップが軒を並べるジャンクタウンを取材する。そもそも、「ジャンクタウンにはジャンキーがごろごろしている」という誤解から決意したことだったが、幸いコブ夫人の家に部屋を借りることができ、世話好きの夫人の手料理に舌鼓を打つ。大嫌いなはずだったアンティークも、「慣れれば離れがたく」なり、同僚に「ナイル川に浮かぶ葬儀用の屋形船」とけなされた白鳥型のボートそっくりのベッドで、ぐっすり眠るようになる。そして、夜明け前、寝返りを打つと、枕に頭を並べていたヤムヤムの「ひなたとすがすがしい空気の匂い」のする毛が、鼻に押しつけられるのだ。

わが家のジョーンズも、冬は布団の中にもぐりこんで、春と秋は枕に頭をのせて、夏は涼しいベッドの下で寝ているので、春と秋には似たようなことが起きる。ただし春先は花粉と猫毛で、夜中にくしゃみが止まらなくなることがあるので要注意だ。

料理好きのコブ夫人のおはこ中のおはこのデザートが**ココナッツケーキ**で、クィラランは世界一とほめている。このケーキはコブ夫人の夫の大好物でもあるし、他の作品にもたびたび登場し、「ほっぺたが落ちそう」と形容され、丸々ひとつ平らげてしまう男も現われるほどファンが多い。

しかし、レシピどおりに作ってみた感想は「甘すぎる！」だった。ショートニングと砂糖をたっぷり使ったアイシングがとにかく甘くてこってりしていて胃にもたれる。おそらくアメリカ人の味覚だとそのぐらいの甘さになるのだろうが、わたしはアイシングを使わず、ココナッツの風味を生かしたレシピで再挑戦してみた。

ティータイムには、〈マリアージュ・フレール〉の「カサブランカ」というミントとベルガモットの香りが爽やかな紅茶がぴったりだ。

〈今月のポイント〉

卵と砂糖を泡立てたり、粉をふるったり、とそこらじゅうにいろいろなものが飛び散る料理なので、好奇心まんまんで、そこらをうろついている猫の頭が粉で真っ白にならないように注意しよう。

ココナッツケーキ

〈材料（直径 18cm のケーキ型用）〉

●バター 100 g／砂糖 100 g／小麦粉 100 g／ココナッツ粉末 80 g／卵 2 個／アプリコットジャム 50 g

〈作り方〉

①オーヴンを 180 度に予熱しておく。

②バターを室温にもどし、半分の砂糖 50 g と白っぽくなるまですり合わせる。

③全卵に残り半分の砂糖を入れて、ムース状になるまで泡立てる。

④小麦粉をふるい、ココナッツの粉末と合わせておく。

⑤②のバター生地に③の泡立てた全卵生地を混ぜ合わせる。全卵生地の一部をバター生地に混ぜ合わせ、残りの全量の全卵生地にそれを戻し加えると、泡を必要以上に消さずに混ぜることができる。

⑥④を⑤に混ぜ合わせる。粉の半分を生地にふりかけて混ぜ合わせ、混合できたら、残りの粉をふりかける要領で混ぜる。あまり混ぜすぎないように。白い粉が見えなくなるまで、へらでボールの底からすくい上げるように全体をていねいに混ぜ合わせる。

⑦型に流し入れる。

⑧予熱しておいたオーヴンで 25 ～ 30 分焼く。

ハマグリのゼリー寄せ

（『猫は殺しをかぎつける』より）

猫は冷蔵庫の中身が嗅ぎわけられる。

「ロブスターが入っている時には、チキンを食べようとしないし、チキンがあれば、ビーフには目もくれない。サケなんて、遠くからでもわかるようです」

『猫は殺しをかぎつける』で、クィラランは、二十年ぶりに、初恋の人ジョイと思いがけない再会を果たす。そして相変わらず魅力的なジョイに胸をときめかせ、彼女が加わっているディナーの席を盛り上げようとして、冷蔵庫の中身を嗅ぎわけるココとヤムヤムの能力をこんなふうに自慢する。

ジョイの前ではしゃいでいるクィラランのせりふとはいえ、これはさほどおおげさな説明ではない。わが家のジョーンズも、お刺身があるときは絶対に猫缶を食べないし、冷凍庫からエビをとりだそうとすると、たとえ熟睡していてもガバッと飛び起き、冷凍庫のドアを閉めたときには、おすそわけに与ろうとしてすでに足下で待機している。その素早さときたら、とても十六歳には思えない。

それどころかどんな料理を作るつもりか、猫はこちらの心を読んでいるような気さえする。たとえば今日はマグロにしようかなと考え、用心のため、数メートル先のソファで寝ているジョーンズの様子をそっとうかがうと、なぜか急にぱっちり目を開けて鋭い視線でこちらを一瞥するや、タタタタと走り寄ってくるのだ。これが猫の超能力というものだろうか。

この作品で、クィラランは医者から三十ポンドの減量を命じられ、ステーキをぱくつく同僚を尻目に、カッテージチーズにラディッシュという涙ぐましいダイエットを始めた。しかし折悪しく、グルメ記事の担当を命じられ、おなかがぐうぐういうのを我慢しながら、食通の弁護士が経営するマウス・ハウスという下宿屋に取材に行く。そこで、偶然にもジョイと出会うのだ。彼女の笑顔に「クィラランの心臓はとんぼ返り」して、あれほど空腹だったのに、一気に食欲がなくなってしまう。

恋のときめきは、何よりもダイエットに効用があるようだ。そういえば、わたしもはるか昔、あこがれの人と初めてデートしたときは、食事もろくすっぽ喉を通らなかったものだ。しかし、いまや、相手がどんなにすてきな男性だろうと、出されたものはすべて平らげる強靭な心臓と胃袋の女になってしまった。かつてのあの甘酸っぱい記憶を思い出すと、少々寂しい。

クィラランはポリーとの関係が安定した確かなものになるまで、さまざまなタイプの女性に心を奪われてきた。しかし、少年のような初々しい恋心を抱いたのは、ジョイだけだ。

それだけに、ラストの述懐がしみじみと心にしみる。

さて、マウス・ハウスでジョイと出会った晩に前菜として出されるのが、**ハマグリのゼリー寄せ**だ。英語ではクラムだが、これは一般的に二枚貝のことを指すので、日本ではハマグリかアサリに相当する。今回は生のハマグリを使用したが、もちろん、生のアサリやハマグリの水煮缶を利用してもいい。

レシピでは、ハマグリの他にゆで卵とオリーヴしか使っていないが、二度目に作ったときには、やや舌にもたつく卵の分量を減らして、赤ピーマンのみじん切りを入れてみた。色合いが華やかな、初夏にふさわしい涼やかな一品になったので、こちらもお試しください。

マウス・ハウスでは、この料理は白ワインといっしょに供される。わたしは辛口のシャブリをあわせたが、汗ばむ季節ならよく冷えたシャンパンもいいだろう。

〈今月のポイント〉

献立を組むときは、ゼラチンが固まるまでの時間を計算に入れた方がいいだろう。冷蔵庫よりも氷水に入れると早いが、ジョーンズのように、シャンパンを入れたワインクーラーの冷たい水が大好きな猫を飼っている場合は、注意が必要。容器を入れたボウルの氷水をぺちゃぺちゃ飲まれ、危うくハマグリまで味見されるところだった。

ハマグリのゼリー寄せ

〈材料（6人分）〉

ハマグリ100 g／ゼラチン10 g／レモン汁小さじ1杯／ウースターソース小さじ½杯／ゆで卵2個／スタッフドオリーヴ12個／チキンブロス1½カップとハマグリの蒸し汁½カップ

〈作り方〉

①ゼラチンをブロス大さじ1杯でふやかしておく。

②ハマグリを蒸してみじん切りにする。蒸し汁はとっておく。

③残りのブロスとこしたハマグリの蒸し汁に、レモン汁とウースターソースを加える。

④③のうち1カップを沸騰するまで温め（赤ピーマンを入れるならこのときに入れて軽く煮る）、ふやかしたゼラチンを加えて溶かす。それを残っている③に入れて、よくかき混ぜる。

⑤ハマグリを④に入れる。

⑥容器に⑤を流しこみ、スライスしたゆで卵とオリーヴを加える。容器はグラスなどを使うとそのまま、テーブルに出せる。

〈ナスティ・パスティ〉のパスティ
（『猫はブラームスを演奏する』より）

どんなに空腹でも、猫は食べ物に妥協しない。

ココとヤムヤムが「空腹だと目で訴え」るので、クィラランはムースヴィルの〈フー〉から食べきれずに持ち帰ったパスティを出してやった。すると二匹は「慎重に食べ物に近づいていき、信じられないといわんばかりに匂いを嗅ぎ、この食べ物の目的を発見しようとして皿の周囲を歩き回った末、軽蔑したようにあとずさりすると、クィラランを無言の非難をこめてにらみつけながら、ぞっとしたように前足をぶるぶる振った」のである。

過去の苦い経験をよみがえらせるような、あまりにもリアルなこの文章に、訳しながら思わず苦笑いをしてしまった。わたしも一日たったお刺身とか、安売りの猫缶をジョーンズに出し、何度はねつけられたことか。嫌いな食べ物だと、床に置こうとしたとたんに、あるいは缶の蓋を開けかけたとたんに、勢いよくあとずさりして逃げていってしまう。もちろん、その前にひとにらみすることは忘れない。

こうなると、どんなになだめすかしても、絶対に食べてもらえない。まちがえてジョーンズの嫌いな猫缶をケースで買ってしまった場合など、悲劇である。パスティを拒絶されたクィラランは、さっそくベニザケの缶詰を開けてやるが、わたしもいくぶん狼狽しながら、猫の口にあいそうなものを見繕う。猫の嗜好を変えることなど不可能なのだ。

『猫はブラームスを演奏する』で、クィラランは都会の生活にいくぶん疲れ、ファニー伯母さんのキャビンで夏を過ごそうと、初めてムース郡にやって来る。見るもの、聞くものすべてが珍しいが、好奇心旺盛なクィラランは、土地の名物料理パスティに挑戦してみることにする。最初に行った〈フー〉のパスティは、肉とじゃがいもと彼の大嫌いなカブが大量に詰められた幅一フィート、厚さ三インチもある大きなぱさついたパイで、コーヒーで無理やり流しこまなくては喉も通らないしろものだった。

しかし、緑の瞳の女医メリンダに案内された〈ナスティ・パスティ〉では、「薄い皮がパリパリして、ジューシーで、カブは入っていなくて、適度な大きさ」のパスティに出会える。

イギリスにはコーニッシュ・パスティといって、鉱山労働者のお弁当として始まった伝統的なパイがある。かつて鉱山がたくさんあったムース郡のパスティも、似たような発祥と作り方のようだ。パスティの中身は肉と野菜ばかりか、フルーツを入れたり、ベジタリアン向けのものがあったり、いろいろなレシピがあるようだが、今回は**〈ナスティ・パスティ〉のパスティ**に挑戦した。たしかにジューシーで、その後、クィラランがパスティ好きになったのも、十分に納得できる味だった。

これに野菜スープでも添えれば、休日のすてきなブランチになりそうだ。牛挽肉が味の決め手になるので、できたら粗挽きの上等な肉を奮発したい。

さて今回はパスティにあわせ、ブルゴーニュのボーヌ・ロマネを飲むことにした。ブルゴーニュではグージェールというチーズ入りのシューが、よくアミューズとして出される。シューとパスティの食感が似ているのでブルゴーニュを選んだのだが、なかなか乙なハーモニーだった。

〈今月のポイント〉
もちろん、パイ皮は手作りしてもいいのだが、練った生地を麺棒でのばさなくてはならないので、猫のいる家では避けた方が無難だろう。うろついている猫が打ち粉で真っ白になるばかりか、粉に猫毛を練りこみかねないからだ。パイシートですら、具を包んでいるときに、なぜかジョーンズの黒い毛がへばりついているのを発見した。こちらが背中を向けているあいだに、こっそり調理台に飛び乗って、好物があるかどうか調べたにちがいない。油断大敵である。

〈ナスティ・パスティ〉のパスティ

〈材料（６個分）〉

牛挽肉200 g／パイシート６枚／塩小さじ¼杯／黒コショウ小さじ¼杯／タマネギのみじん切り½カップ／ウースターソース小さじ½杯／ナツメグ小さじ⅛杯／２倍濃度のビーフブロス大さじ２杯／パセリのみじん切り大さじ１杯／パン粉小さじ２杯／卵１個

〈作り方〉

①オーヴンを180度に予熱しておく。

②挽肉、塩、コショウ、タマネギ、ウースターソース、ナツメグ、ブロス、パセリ、パン粉をボウルに入れて、手で混ぜ合わせる。６等分して丸太型に丸めておく。

③パイシートを直径12cmの円に切り抜き、②の具をのせ、ふたつ折りにして、水をつけて周囲を貼りあわせる。半円形の縁をフォークの先で押して模様をつける。

④卵を割って軽く溶き、それを刷毛でパイの表面に塗りつける。

⑤天板にクッキングシートを敷き、30分ほど焼く。焦げ目がきれいについたらできあがり。

テリーヌとアスパラガスのヴィネグレット・ソース
(『猫は郵便配達をする』より)

猫は、名前を呼ばれても返事をしない。
『猫は郵便配達をする』で、クィラランはファニー伯母さんの遺産を相続してピカックスに移り住むことを決め、宏壮なクリンゲンショーエン屋敷で暮らしはじめる。やがて若い女医メリンダとデートするようになり、ある晩、彼女を屋敷に連れてきてココに紹介しようとする。だが、ココの姿はどこにもない。クィラランは屋敷じゅうを探し回るが、ソファやベッドの下にも、肘掛け椅子や書棚の陰にも、たんすや食器棚やクロゼットの中にも、見つからない。もしや外に逃げ出したのか、はたまた、さらわれたのか、とクィラランは不安に駆られ、うろたえながら冷蔵庫、オーヴン、洗濯機、乾燥機の中までのぞく。
結局、ココは、クィラランのあわてぶりをあざ笑うかのように、屋根裏のダンボール箱の上で首をボリボリかいていた。
まったく、猫というのはへそ曲がりだ。こちらが仕事に没頭しているときに限って、ニャアニャア鳴きながら現われ、えさをくれ、とかブラッシングをしろ、とか要求するくせに、外出前に所在を確認しようとして名前を呼んでも、うんともすんともいわないのだ。わたしもクィラランと同じく、ジョーンズ、ジョーンズと呼びながら、クロゼットや洗濯機の中（！）までのぞき、もしや外に出てしまったのかと青ざめながら外廊下を探し回ることがよくある。だが、改めて部屋に戻ってみると、敵はソファの上に悠然と寝そべり、軽蔑したような目つきでこちらを眺めていたりする。まったく、どうして返事をしないのかと腹が立つが、猫にしてみれば、お刺身をくれるわけでもないのに軽々しく返事などしたくない、という気持ちなのだろう。

広い家なのでココは迷子になったんだ、とクィラランがいうと、メリンダは迷子になったんじゃない、ただ、あなたが見つけられなかっただけよ、と切り返すが、まさにそのとおり。猫の居所を見つけるのは、きわめてむずかしい。

クィラランはこの作品で、南から訪ねてくるアーチ・ライカをもてなそうと、ディナーパーティを開く。今回の**テリーヌとアスパラガスのヴィネグレット・ソース**は、そのパーティのメニューである。テリーヌは作品の中だとキジ肉だが、キジの代わりに鶏の胸肉を使った。ベーコンや牛肉も使っているが、思ったよりもしつこくなくてあっさりしている。調理時間はかかるが手間はさほどでもないので、パーティのメニューとして、ぜひお試しを。

あっさり味のパテには、冷やした白ワインをあわせた。すっきりしていながらコクもそこそこあるシャルドネ種で作られたサン・ヴェランを選んだが、ハーブで風味づけしたテリーヌにはぴったりだった。飲むワインを料理にも使えば、いっそう味がよくなるだろう。

テリーヌ

〈材料（8切れ分）〉

ベーコン170 g／牛肉（焼き肉用ぐらいの薄切り）200 g／鶏胸肉200 g／タマネギとパセリのみじん切り、おのおの大さじ3杯／乾燥バジル小さじ3杯／白ワイン½カップ／コショウ小さじ2杯／塩小さじ½杯

〈作り方〉

①オーヴンを150度に予熱しておく。

②焼き型（深さ10cm程度）の側面と底にベーコンを並べ、パセリとタマネギを少し散らす。牛肉をベーコンの上に並べ、塩、コショウ、バジルを振る。鶏胸肉を包丁で開き、さらにすりこぎなどでたたいて薄くし、牛肉の上に重ねる。そこにパセリとタマネギを散らす。これを肉がなくなるまで、繰り返す。

③いちばん上をベーコンで覆い、肉が隠れるまでワインを注ぐ。

④水を張ったひとまわり大きい容器に焼き型を入れて、2時間ほど焼く。

⑤肉が焼けたら焼き型をお湯からとりだし、たまっているワインを捨て、アルミホイルで上を覆って重しをのせて圧縮し1時間ほど置く。さらに冷蔵庫でひと晩冷やし、型からとりだして切り分ける。

〈今月のポイント〉

ヴィネグレット・ソース用にタマネギをすりおろしはじめたとたん、目がヒリヒリして涙が止まらなくなった。目が弱い方は、ゴーグルをかけるなどした方がいいだろう。もっとも、ジョーンズは涙を流している飼い主を目の当たりにすると、心配そうに近づいてきて、すりすりして慰めてくれた。ゴーグルをかけると涙は出ないが、猫は怯えて逃げていきかねない……どちらを選ぶべきか、判断に迷うところだ。

アスパラガスのヴィネグレット・ソース

〈材料（８人分）〉

アスパラガス16本／オリーヴオイル⅓カップ／白ワインビネガー大さじ２½杯／パセリとチャイブのみじん切り、おのおの大さじ１½杯／タマネギのすりおろし大さじ１½杯／レモン汁小さじ２杯／塩コショウ少々

① アスパラガスを塩を入れた湯でゆでる。

② ドレッシングの材料をすべて混ぜあわせ、アスパラガスにかける。

チリ（『猫はシェイクスピアを知っている』より）

猫の辞書には、〝協力〟という言葉はない。
『猫はシェイクスピアを知っている』で、ヒクシー・ライスはクィラランに頼まれ、南からピカックスにやって来て、恋人のシェフといっしょに〈古い水車小屋〉亭の経営にあたることになった。さっそく彼女は持ち前の創造性を発揮して、冷凍キャットフード・シリーズを開発しようとする。名づけて〈気むずかしい猫のためのすてきな冷凍フード〉。そして、ココに商品宣伝にひと役買ってもらいたい、とテレビCMのためのカメラテストをしようと、ビデオカメラを持って訪ねてくる。
　だが、クィラランが危惧したように、ココはヒクシーの目論見をことごとく打ち砕いてしまう。定位置にすわらせようとすると「体をこわばらせ」、「背中は弓なりに、尻尾は栓抜きのような形になり、四本の足は関節がはずれたかのよう」になる。おまけに、好物のはずのポークレバー・カップケーキの前に連れていくと、「いかにも気むずかしげに前足を持ち上げると、不愉快そうにひと振り」して、「尻尾をはためかせながら、ゆっくりと歩み去」るのである。

めげないヒクシーは、ココにとっては何もかも初めてだったから仕方ない、というが、クィラランは冒頭の言葉で反論し、今後もココは常に自分の好きなようにふるまうだろう、と予測する。彼いわく、「スナップ写真を撮ろうとすると必ず、ココはぺたりとすわりこんで片足をいやらしいかっこうに天に突き出し、股をなめるんだ」

クィラランのいうとおり、猫の写真を撮るのはむずかしい。あ、かわいいポーズと思って、走ってカメラをとってきても、シャッターを切ろうとするときには、とんでもない格好になっている。

わが家のジョーンズが積極的に〝協力〟するのは、ベッドにシーツをかけるときぐらいだ。といっても、広げたシーツの下にすばやくもぐりこみ、猫の形をした小山があちこち移動するのを披露して、シーツをかけるという単純で面倒な作業を和ませ、時間を長引かせてくれるだけだが。

かつて〈古い水車小屋〉亭は、お勧め料理が「冷凍ラヴィオリの電子レンジ解凍風」というひどさだったが、新しいシェフのおかげで味がぐんと洗練され、「ラムのすね肉のラタトゥイユ添え」などがメニューに載るようになる。今回挑戦した**チリ**も、お勧めメニューのひとつだ。作品ではヒクシーが「自分用の消火器を持ってきてね」というほどの辛い料理だが、タバスコ、カイエンペッパー、レッドペッパーなどの量を調節してお好みの辛さにしていただきたい。トマトソースとアラビアータソースを半量ずつ使ったわたしは、タバスコだけでも三分の一びんほど入れた。さらにチリパウダー、カトルエピスなどのブレンドスパイスやクミン、オレガノも使ったので、辛味に奥行きが出ておいしいチリに仕上がった。

辛いチリには、やはり何といっても冷えたビール。わたしはキンキンに冷えたコロナビールを飲みつつ、しばしメキシコにいる夢想に浸った。

なお、今回の作品では、クィランランとポリーがぐんと親密になるエピソードが描かれているので、最近のシリーズ作品から読みはじめた方も、ぜひ、一読をお勧めしたい。ひさしぶりの恋に浮かれているクィラランが、なんともほほえましい。

〈今月のポイント〉

暑さのせいか、ジョーンズはぐったりと寝てばかりいて、今回はいつものように調理の邪魔をしなかった。辛い香辛料の匂いが、キッチンにたちこめていたせいかもしれない。だが、夕方になっても姿を見せないので、さすがに心配になってきた。

そういえば食欲がないのか、朝からキャットフードをほとんど食べていない。もしや夏バテか、もう年だし……と不安になり、あわてて自転車を飛ばして鶏のササミを買いに行き、湯引きしてお皿に盛りつけ、名前を呼ぼうとしたら、すでにジョーンズは足下で待っていた。そして三分後、お皿はきれいに空になり、ジョーンズはお気に入りの場所でまた昼寝をしていたのだった。好物を食べたくなると、猫は食欲のないふりをすると肝に銘じておきたい。

チリ

〈材料（８人分）〉

牛挽肉 500 g／タマネギみじん切り１個分／トマトソース 500cc（あればエンチラーダソース、アラビアータソース、サルサソースなど辛目のものを）／キドニービーンズ 500 g／チェダーチーズ 120 g／タバスコ等のお好みの香辛料／コーンチップ

〈作り方〉

①オーヴンを 180 度に予熱しておく。

②鍋でタマネギと挽肉をいため、火が通ったら水分を捨てる。

③②にトマトソース、豆、おろしたチェダーチーズを加え、味を見ながら香辛料を入れてよく混ぜる。

④焼き皿に入れて 30 分焼く。コーンチップを添えて出す。

鱒の香草焼きワイン・ソース
（『猫は糊《のり》をなめる』より）

猫が重視するのは、人柄ではなく、好物の匂いである。

人口三千人のピカックスの生活にすっかり溶けこんだクィラランは、『猫は糊をなめる』で演劇クラブに入り、仲間たちと《毒薬と老嬢》の練習に励んでいる。その仲間の一人で剥製師のウォリー・トッドホイッスルは、ココに関心を持たれて得意になり、母親の口癖を披露する。「猫に気に入られる人間は高貴な人柄である」しかし、事件のネタばらしになりかねないので詳細は省略するが、作品の中でココが強い関心を寄せる人間は、必ずしも品格が高いとは限らない。ウォリーの母親の格言は、おそらく猫好き人間の自己満足だろう。

というのも、わたしもかつて、ご町内の野良猫たちがすり寄ってくるのは、いい人間だとわかるせいだ、とひそかに自負していたのだ。しかし、あるときキャットフードを自転車に積んで路地を通りかかったとたん、野良の仔猫たちにわっと取り囲まれ、ニャオニャオねだられ、何缶か開ける羽目になった。なんと鋭い嗅覚を持っていることかと舌を巻さ

つつ、野良猫が近づいてくるのは、「いい人間」だからではなく、「餌をくれそうな人間」に見えたせいなのだと、遅ればせながら悟ったのだった。

十六歳になるわが家の黒猫ジョーンズの場合は、人間の好みがはっきりしている。一、若くてきれいな女性（去勢しているとはいえ雄なので当然）。二、寝心地のいい膝を提供してくれる人。三、好物を持ってきてくれる人。編集者のK・K氏は、運悪く、一と二を併せ持つM・K嬢といつもいっしょにわが家に来るので、ジョーンズに無視されて落ちこんでいた。ところが、先日は形勢が逆転、ジョーンズはK・K氏の足下で身をくねらせ、足首に頭をこすりつけたのだ。「やっと、ぼくの魅力がわかってくれたんだ」と大喜びのK・K氏だったが、その右手には鮮魚の入ったビニール袋が握られていた。猫にとっては、花より団子なのである。

さて、今回のクィラランは、なかなかのプレイボーイぶりを発揮している。前作から親密になったポリーとの交際は続いているものの、若くて美人でスタイルのいいフランからも、猛攻撃をかけられている。おまけに、『猫はソファをかじる』で親しくしていたアラコーク・ライトまでが訪ねてくるので、いいわけに窮する始末。誰にもいい顔をしたせいで、ついに窮地に陥り、最後にはあわや修羅場になりかける。それを救ったのはヤムヤムだったが、彼女もクィラランに愛されている「女」の一人。「救った」というより、ライヴァルを蹴落としたといえるかもしれない。ヤムヤムのかわいらしい嫉妬も、この本の読みどころである。

鱒の香草焼きワイン・ソースは、フランといっしょに出かけた〈ステファニーズ〉で注文した料理だ。スペアリブを食べたいというフランに、クィラランが鱒の方が体にいいと勧めると、「パパみたいな口のきき方をするのは、お願いだからやめてくださる、クィル?」とぴしゃりといわれてしまう。シソに似た香りのタラゴンとバジルを使い、すっきりした味に仕上げられているので、若いフランには物足りないのだろうか。しかし、ワインの香りがするソースが魚の味をひきたて、魚好きのわたしにはうれしい料理だった。今回は季節柄、鱒が手に入らなかったのでサーモンで代用し、焼かずにボイルした。

　この料理にはやはり白ワイン。ちょっとおごって、飲むワインをソースに使ったらおいしいだろう。秋風が立ちはじめたから、ふくよかな白ワインを飲みたい気がする。ムルソー、あるいはシャサーニュ・モンラッシェあたりがお勧めである。

〈今月のポイント〉

　ジョーンズは、魚は魚でも好物とはいえないサーモンだと知って、すっかりむくれてしまった。仕方なく、あとからマグロを買ってきたが、材料を買うときは、猫の好物もいっしょに調達しておいた方が二度手間にならずにすむだろう。

鱒の香草焼きワイン・ソース

〈材料（4人分）〉

鱒4尾／レモン½個／タマネギみじん切り¼カップ／乾燥タラゴン小さじ2杯／乾燥バジル小さじ2杯＋小さじ1杯／バター大さじ2杯／小麦粉大さじ2杯／低脂肪牛乳½カップ／白ワイン½カップ／塩コショウ少々

〈作り方〉

①浅めの鍋にレモンスライス、タマネギを敷き、タラゴン、バジル小さじ2杯、塩コショウを入れる。その上に魚を並べる。

②魚がすっかり隠れるまで水を入れ、沸騰させる。沸騰したら弱火にして蓋をし、5分煮立て、皿に盛りつける。

③魚を煮ているあいだに小鍋にバターを溶かし、粉を混ぜ入れる。ゆっくりと牛乳を注ぎ、とろみがつくまでかき混ぜる。そこにワインと残りのバジルを加え、好みの濃度に煮詰めて、②の魚にかける。

ピクルスとターキー・ヌードル・キャセロール
（『猫は床下にもぐる』より）

猫はしばしば姿をくらまして、飼い主を居ても立ってもいられなくする。『猫は床下にもぐる』では、外出から帰ってきたクィラランはココの姿がないことに気づくと、そこらじゅうを捜し回ったあげく、はしごを持ってきて、両手をすりむきズボンを破りながら、屋根に登って煙突までのぞきこむ。結局、ココは床下から現われるが、クィラランは極度の緊張と不安のせいで鼓動が速くなり、ココが見つかったあとも右手が震え、猫のフライド・チキンを刻むこともままならないほど動揺する。

猫たちは「非常に大切な存在だ。それどころか、わたしの唯一の家族なんだ」とクィラランは語っている。ジョーンズと十六年もいっしょに暮らしているわたしには、彼の気持ちが痛いほどよくわかる。

それにしても、どうして猫はしじゅう行方不明になって、飼い主に気をもませるのか？どんなことをしてでも自分を見つけてくれるにちがいない、と飼い主の愛情を信頼しきって冒険しているのだろうか？

今回、クィラランはココとヤムヤムを連れて、湖畔のログ・キャビンで夏を過ごすことにした。だが、リゾート・タウンでのんびり過ごそうという目論見は見事にはずれ、古いログ・キャビンの暖房機や配管設備が片っ端から壊れ、いちいち修理を頼まなくてはならないし、キャビンの増築のために雇った大工は、次々に行方不明になる。さらに、湖にUFOの着陸跡を見に行くと、トルネードに襲われ、あわや命を落としかける。暴風雨の中、釣り小屋の屋根に登って迫ってくる高波をやり過ごしながら、もし自分に万一のことがあったら、ココとヤムヤムはどうなるのだろう、とクィラランが心配する場面は感動的である。

そんなストレスの多い日々を癒してくれたのが、近くのコテージに住むミルドレッドのおいしい手料理**ターキー・ヌードル・キャセロール**だ。ターキーと自家製のヌードル、アーティチョークの芯をソースであえたキャセロールは「クィラランをすばらしくいい心持ちにしてくれ」た。ヌードルを作るのは大変なので、市販のラザニアをゆでて使ったが、チーズのソースがまろやかでおいしく、たしかに日頃のストレスが吹っ飛びそうな味だった。手に入れにくいターキーはチキンの胸肉に、アーティチョークはズッキーニあたりに変えてもいいだろう。

ウィムジー家の親睦会で出されたピクルスも、お勧めである。砂糖の量を加減すれば好みの味が作れるし、保存もきくので便利だ。

さて、このキャセロールには、最近出会って以来、すっかり虜になってしまったラディコン・オスラヴィエという白ワインをあわせた。これは、イタリアの白ワインは水っぽい、というわたしの先入観を見事にひっくり返してくれたフリウリ・ヴェネチア・ジュリア州のワインで、常温で飲む。ふくよかでパワフルで素朴な味わいの、金色に輝くこのワインは入手しにくいが、もしどこかで出会ったらぜひ飲んでみてほしい。

〈今月のポイント〉
ジョーンズは生まれて初めてターキーを味見し、いたく満足そうだった。猫の誕生日にこのキャセロールを作り、いっしょにお祝いするという企画は楽しそうだ。

ピクルス

〈材料（1瓶）〉

砂糖 ¾ カップ／ホワイトビネガー1カップ／クレイジー・レモンペッパー小さじ1½杯／ベイリーフ数枚／クミン、オールスパイス、塩コショウなどスパイス適量／キュウリ2本／セロリ ¼ 本／タマネギスライス ¼ 個／赤と緑のピーマン各1個／人参 ¼ 本

〈作り方〉

①砂糖とビネガーを鍋に入れてかきまぜながら砂糖を溶かし、沸騰させる。

②洗って水気をふいた野菜にスパイス類をまぶし、さました①を注ぐ。ひと晩置けば食べられる。

ターキー・ヌードル・キャセロール

〈材料（4人分）〉

ゆでたラザニアヌードル3枚／マッシュルームスープ1カップ／牛乳 ⅓ カップ／塩コショウ少々／七面鳥用シーズニング小さじ ½ 杯／クリームチーズ 100 g／カッテージチーズ ½ カップ／タマネギのみじん切り ½ カップ／ピーマンのみじん切り ⅓ カップ／ゆでたアーティチョークの芯 ½ カップ／ゆでたターキー1½ カップ／パン粉 ⅔ カップ／溶かしバター大さじ3杯

〈作り方〉

①オーヴンを 190 度に予熱しておく。

②スープ、牛乳、塩コショウ、シーズニングを火にかけて温める。

③クリームチーズとカッテージチーズを混ぜ合わせる。そこにタマネギとピーマン、さらに拍子切りにしたアーティチョークとターキーを練りこむ。

④焼き皿にヌードルの半量を敷き、②と③を半量ずつ入れる。それを繰り返す。

⑤パン粉をふり、溶かしバターを散らし、30 分焼く。

昔懐かしいブレッド・プディング（『猫は幽霊と話す』より）

猫は、眺めているだけで心が癒される。

『猫は幽霊と話す』は、冒頭から不穏な事件で幕を開ける。『猫はスイッチを入れる』時代からのクィラランの知り合い、コブ夫人が深夜に急死するのだ。コブ夫人からの怯えた電話で、クィラランは彼女の自宅に駆けつけるが、すでに遅く、台所で息絶えた夫人を発見することになった。

翌朝、彼は悲しみと睡眠不足でぐったりしながら、ベニザケの缶詰を平らげたココとヤムヤムが顔を洗う様子を見守っている。そして、シャム猫たちを観察していると「一種の治療」になり、「疲れや欲求不満やいらだちや不安が和ら」ぎ、それは「副作用のない処方箋不要の薬」だと考える。実際、猫を膝に抱いていると血圧が下がるという臨床データもあるそうなので、猫はまさに特効薬になりうるのだろう。

わたしも常日頃、黒い毛の塊となって眠っているジョーンズの姿を眺めては、さまざまなストレスを癒している。無心に眠る姿をぼうっと見ていると、心の中で荒れ狂うわだかまりが不思議にすうっと溶けていき、ほかほかと暖かい気持ちがわいてくる。ときには、つややかな毛並みをなでて、ぐっすり寝ている猫を起こしてしまうことさえある。ジョーンズは迷惑そうに頭を起こし、目をすがめてにらむが、弁解させてもらえば、丸くなったふわふわの毛の塊は、つい触らずにはいられないような愛らしさなのだ。飼い主の特権として、どうか大目に見てもらいたい。

『猫は幽霊と話す』では、クィラランの女性観も披瀝されていて興味深い。彼は、コブ夫人の料理の腕を認め、「彼女のポット・ローストとココナッツケーキにならわたしはころりとだまされるだろうし、シャム猫たちは彼女のミートローフのためなら殺人も辞さないだろう」と語っている。ただし、「ああいう男性にべったりとまとわりつくタイプの女性は、息がつまりかねない」と断言し、もっと親密な交際を願っているコブ夫人とのあいだに、慎重に距離をとろうとしている。

たしかに、一人の時間を大切にしているクィラランにとって、コブ夫人は苦手なタイプかもしれない。さらに、交際しているポリーについては、こう述べている。「知的で教養があり、刺激的で愛らしく……そして嫉妬深い女性」。コブ夫人とのあいだに距離を置こうとする理由は、もうひとつあったわけである。

この作品で忘れてならないのは、ポリーの愛猫ブーツィーの登場である。この生後十一週のシャムの子猫は、彼女が留守のあいだ、クィラランの家にひと晩預けられることになり、大騒動をまき起こす。「家具にドシンと衝突し、アンティークのガラス器を割り、ジャンプしながら落下して背中で着地し、クィラランのズボンの脚をよじ上り膝に飛び乗る」。おまけに、自分の缶詰を食べたうえに、ココとヤムヤムのオリーヴとマッシュルームを添えたターキー・ローフまで平らげ、クィラランのフォークの先から鮭をひと切れかすめとる、という大食いぶりである。しまいに、クィラランの背中に飛びかかり、セーターに爪を食いこませて離れなくなる。クィラランの動揺ぶりは、シリーズ作品中でもベストスリーに入る爆笑ものだろう。

さて、今回作った**昔懐かしいブレッド・プディング**は、おいしいステーキで有名な〈ティプシー〉で出されたデザートだ。クィラランはこれに濃いクリームをたっぷりかけ、「悪魔祓いをしてポルターガイストをおとなしくできるほど強いコーヒー」を二杯飲む。紅茶党のわたしは、〈マリアージュ・フレール〉のルージュ・ド・トンヌをあわせた。これは梨、りんご、シナモンの香りがする赤い色をした紅茶だが、やはりシナモンをきかせた素朴なブレッド・プディングとは相性が抜群だった。

〈今月のポイント〉

今回はホイップ・クリームを使ったので、あっさりした軽い味になり、ジョーンズは、ひと口なめて、ふん、と横を向いてしまった。濃厚な味がお好みなら、ダブル・クリームかクロテッド・クリームを。

昔懐かしいブレッド・プディング

〈材料（6人分）〉

1センチ角に切った食パン4カップ／レーズン½カップ／沸騰させ、少しさました牛乳2カップ／溶かしバター¼カップ／砂糖½カップ／卵2個／塩小さじ¼／シナモンとナツメグ小さじ½ずつ／コアントロー（あるいはラム酒、ブランデーなど）大さじ1杯／生クリーム½カップ

〈作り方〉

①オーヴンを180度に予熱しておく。

②バターを塗りつけた焼き皿にパンを入れる。レーズンを散らす。

③牛乳、バター、砂糖、卵、塩、スパイス、コアントローを混ぜあわせ、パンの上から焼き皿に注ぐ。

④お湯を張ったバットに焼き皿を入れて、楊枝を刺しても何もついてこなくなるまで、45分間焼く。生クリームを添えて出す。上に飾りつけてもいい。

子牛肉のピカタ（『猫はペントハウスに住む』より）

猫はへそ曲がりだ。

『猫はペントハウスに住む』で、クィラランはひさしぶりに南に行き、《デイリー・フラクション》の警察担当記者のマットに、ココがこれまでいくつもの事件を解決したことを語りながらも、宣伝はしないでくれよ、と釘を刺す。そして、こうぼやく。「腹を立てて、探偵ごっこを止めてしまうかもしれないからね。猫っていうのは、へそ曲がりで、予測不能の生き物なんだ、女房みたいなもんさ」

　彼が南に飛んだのは、ジャンクタウンに建つ由緒ある高層アパートメント〈カサブランカ〉の保存と修復に、資金を提供してもらえないか、という依頼を受けたからだ。そこで視察をかねて、猫たちといっしょに〈カサブランカ〉のペントハウスに滞在することにする。だが、〈カサブランカ〉の老朽化はすさまじく、到着早々、エレヴェーターが階と階の中間で停止して、クィラランと猫たちは箱の中に閉じこめられてしまった。とたんに一匹は騒々しく鳴きわめきはじめ、助けに来た保守係ルパートの指示もろくすっぽ聞こえない。クィラランは静かにするように怒鳴りつけるが、「シャム猫語では〝静かに〟というのは〝もっとうるさく〟という意味だった」ので、狭い箱の中で、えんえんと咆哮が響く羽目になる。

おまけに、へそ曲がりな二匹は、ルパートからもらったカビ臭いジェリー・ドーナッツを、嬉々として食べる。常日頃、猫たちの口にあう食べ物を苦心して用意しているクィラランにとって、こんな侮辱はない。「おまえたちはカビ臭いジェリー・ドーナッツを食べたんだな！　そのくせ、缶を開けたばかりの鮭がピンク色だと顔をそむける！　偽善者どもめ！」と憤慨する。

そういえばジョーンズも、おまけにもらった東南アジア製の安い猫缶を試しに与えたところ、妙にがつがつ食べたことがある。もちろん、同じ缶詰を一ケース注文すると、ぷいっと横を向いて、飼い主を愕然とさせたのだが。

〈カサブランカ〉には、伯爵夫人と呼ばれている建物の所有者の女性をはじめ、ユニークな人々がたくさん住んでいる。その一人は孤独なアル中女性で、クィラランを誘惑しようと迫り、寂しい身の上を訴える。すると、クィラランは珍しく、自分が酒をきっぱり断つことになった恐ろしい経験を打ち明けるのだ。クィラランの過去については、他の作品でも部分的に語られているが、これほど詳細に描かれているのはこの作品だけなので、彼の現在の人となりを理解するためにも、ぜひお読みいただきたいと思う。

ところで、『猫は殺しをかぎつける』で下宿屋を経営していたロバート・マウスは、本業の弁護士を辞め、ミラノで料理修業をしたのち〈ロベルトの店〉を開いた。**子牛肉のピカタ**は、彼のレストランで出された料理である。ピカタというと、卵液をつけて焼く場合が多いが、今回はレモンとケイパーの酸味とバターで、爽やかな味に仕上げた。牛肉はアメリカ産を使ったが、薄くたたいたせいか柔らかく、この料理の場合は高級和牛を使う必要はなさそうだ。豚肉に変えてもいいだろう。

作品の中だと、クィラランのディナーのお相手アンベリーナ（『猫はスイッチを入れる』に登場した〈いかれた三姉妹〉の経営者の一人）は、ヴァルポリチェッラを注文する。これはイタリア・ヴェネト州のワインだが、メインが子牛肉なので、わたしはヴァルポリチェッラの中でも、例外的にしっかりしたボディを持つ、ジュゼッペ・クインタレッリのワインをあわせた。彼の作るワインは、エレガントでありながら奥行きのある、うっとりするようなワインである。

〈今月のポイント〉

今月はジョーンズにとって、まったく興味のない牛肉料理。おとなしく寝ていると思いきや、キッチンのカウンターに飛び乗ってきて、目をきらきらさせ、料理の手順を見張っていた。だが、いざ肉を焼く段になると、いきなり大声で鳴きわめきだし、えさをねだったので調理は中断。へそ曲がり、いや、超のつくわがままな猫による邪魔は、常に覚悟しておいた方がいいだろう。

子牛肉のピカタ

〈材料（4人分）〉

100 g程度の薄切り牛肉を4枚／小麦粉 ⅓ カップ／ガーリックパウダー小さじ1杯／バター ¼ カップ／レモン ½ 個／ケイパー大さじ1杯／塩コショウ

〈作り方〉

①肉を麺棒などでたたいて、薄くのばし広げる。

②小麦粉にガーリックパウダーを混ぜ、その中に塩コショウした肉を入れて軽く粉をまぶす。

③フライパンにバターを溶かして、焼き色がつくまで肉を焼き、フライパンからとりだす。

④フライパンの肉汁に絞ったレモン汁とケイパーを加えてひと煮立ちさせ、肉の上にかける。

かぼちゃのスフレとカニのルイス・サラダ
(『猫は鳥を見つめる』より)

猫といっしょに寝ると、絶対に熟睡できない。

『猫は鳥を見つめる』で、クィラランは二匹の猫ともども、ロックマスターのブッシィの家に招待された。だが、二匹はクィラランの天蓋つきベッドにもぐりこんできて、安眠を妨害する。「ヤムヤムは彼の左側に、ココは右側に寝そべり、ぐんぐん体を押しつけて」きて、まるで拘束服だ。しかし、二匹をバスルームに閉じこめると、さっそく金切り声の大合唱。仕方なくベッドでいっしょに眠るのだが、朝になってみると、クィラランは「マットレスの縁にしがみつかんばかりの格好で寝ており、かたやシャム猫たちはベッド全体を占領して、長くなって眠って」いた。

わたしも、大の字で寝ているジョーンズに遠慮してベッドの隅に縮こまって寝たせいで、肩がひどく凝ったり、いつのまにか毛布を占領されて寒くて目が覚めたり、と似たような目にあわされている。それにも懲りず、なぜ猫といっしょに寝るのか？　猫の飼い主なら共感してくださると思うが、冬、ベッドにもぐりこんでくる猫は、本当に愛らしいからだ。

抱きしめると湯たんぽみたいに暖かいし、喉をゴロゴロ鳴らす音は絶好の子守歌だ。おかげで、ベッドに入れてという懇願の甘え声に、ついほだされ、あとで後悔する羽目になる。

さて、『猫は鳥を見つめる』では、これまで順調かと思われたクィランとポリーの仲に不協和音が入る。ロックマスターの結婚式に出席してから、ポリーの態度がおかしくなり、二人のあいだがぎくしゃくしはじめるのだ。そのはらはらする経緯は本文でお読みいただくとして、ラストのピクニックの場面で、ポリーが《ロミオとジュリエット》から引用する言葉だけをご紹介しておこう。「わたしの気前のよさは海のように果てしがなく、恋の深さも海のよう。あなたにいくら差し上げても、わたしもそれだけたくさん受けとるの。だから、どちらもきりがないのよ」危機を乗り越え、二人のあいだの愛情はますます深まっているようである。

今月の**かぼちゃのスフレとカニのルイス・サラダ**は、どちらも〈古い水車小屋〉亭のメニューである。スフレは、ヒラメのソテーのつけあわせとして登場するのだが、カニ・サラダにあわせてみた。ほんのりしたかぼちゃの甘みは上品で、ピリ辛ドレッシングはパンチが効いていた。ワインよりはむしろ、よく冷えたビールか、マルガリータが飲みたくなった。

カニのルイス・サラダ

〈材料（4人分）〉

カニ缶2個（ゆでたカニをほぐしたものでも）／セロリのみじん切り½カップ／オリーヴの薄切り¼カップ／レタス少々／固ゆで卵4個／トマト1個／飾り用オリーヴ少々／ルイスドレッシング（チリソース⅓カップ／マヨネーズ⅔カップ／クロテッド・クリーム⅓カップ／ウースターソース小さじ1杯／レモン汁小さじ3杯／塩コショウ）

〈作り方〉

①まずドレッシングを作る。チリソース、マヨネーズ、クリームをボウルに入れてよく混ぜ合わせる。そこにウースターソース、レモン汁、塩コショウを加え、冷蔵庫で冷やしておく。

②カニ肉、セロリ、オリーヴの薄切りを混ぜあわせる。レタスを敷いた上に盛りつけ、①のドレッシングをかける。トマト、固ゆで卵、オリーヴを飾る。

〈今月のポイント〉

今月のメインはカニ。案の定、ジョーンズは、カニ缶をとりだした瞬間から、眼光鋭く、こちらの一挙一動を見張りだした。最初こそ、カニとセロリとオリーヴを混ぜる様子を、ぐるぐる歩き回りながら観察するだけだったが、盛りつけたとたん、テーブルに飛び乗って皿に鼻先を近づけた。老齢で腎臓が弱っているのでカニは食べさせたくなかったのだが、おすそわけせざるをえなかった。それにしても、カニをもらって満腹して無心に眠る姿に心がとろけ、前の晩、何度も起こされたことをつい忘れ、またその夜もベッドに入れてあげたのは失敗だった。

かぼちゃのスフレ

〈材料（4人分）〉

かぼちゃ450 g／溶かしバター小さじ3杯／牛乳⅓カップ／卵1個／小麦粉小さじ1杯／砂糖小さじ1杯／ベーキングパウダー小さじ½杯／タマネギのみじん切り⅓カップ／塩コショウ少々

〈作り方〉

①オーヴンを200度に予熱しておく。

②かぼちゃの皮をむき、小さく切り、やわらかくなるまでゆでる。

③ゆでたかぼちゃをボウルでざっとつぶし、そこにバターを加える。牛乳、卵、小麦粉、砂糖、ベーキングパウダー、タマネギ、塩コショウをフードプロセッサーで攪拌する。さらにかぼちゃを加え、よく混ぜあわせ、油を塗ったスフレ型に流しこんで、30分ほど焼く。

野菜スープと野菜バーガー
（『猫は山をも動かす』より）

猫は策略家である。
『猫は山をも動かす』で、正式に遺産を相続したクィラランは、今後の人生について考えるために、静かなポテト山脈で夏を過ごすことにした。もちろん、ココとヤムヤムもいっしょだ。しかし、出発の朝、ヤムヤムは天井の下の梁にうずくまったきり、いっこうに降りてこようとしない。仕方なく、クィラランはこれみよがしにエビのカクテルの缶詰を開けてみせる。たちまちヤムヤムは下に降りてきて、二匹は「思いがけない」ごちそうを食べ終わると、命令されるまでもなく、ポンとキャリアーに飛び込む。そこで、はっとクィラランは気がつくのだ。「この筋書きはすべて、二匹のとんでもない陰謀者によって仕組まれたものにちがいない！」

わたしも、十六歳になるジョーンズの老獪な策略に、何度もはめられている。つい先日も、どんな缶詰を開けてやっても口をつけず、ぐったりと寝てばかりいるので、これは腎臓がいよいよ弱ってきたのか……とうろたえ、雨の中、マグロのお刺身を買いに出かけた。

ところが、キッチンで包みを開けたとたん、足下でニャアという催促の声がした。さっきまでの無気力な態度はどこへやら、ジョーンズが、猛烈な食欲でマグロを平らげたことはいうまでもない。

クィラランがいざ山に着いてみると、ポテト山脈は雨ばかりなうえ、どうやら山の開発をめぐって、谷間と山の住人のあいだに不穏な対立が存在している様子。おまけに滞在しているティップトップという家では、一年前に殺人事件があったという。犯人として投獄されたフォーレストの妹クリサリスと知り合ったことで、クィラランは好奇心につき動かされ、この事件を改めて調べ直してみることにした。

というわけで、静かに瞑想を……という目論見ははずれ、めまぐるしい休暇となり、あわや命を落としかける事件にまで遭遇する。もっとも、織工のクリサリスをはじめ、魅力的なインテリア・デザイナー、サブリナと知り合い、胸をときめかせる機会にも恵まれる。ただし、いちばん大切な女性はポリーであることに変わりはなく、ある出来事を聞いて、彼女のもとに急ぎ帰ろうとするクィラランは、珍しくストレートな愛情表現を口にしている。

今回のメニューは、ポテト・コーヴというみやげ物店が建ち並ぶ一角にある、〈エイミーの弁当箱〉という小さな食堂のものだ。夫のフォーレストがえん罪で刑務所に入れられてしまったエイミーが、生まれたばかりの赤ん坊を抱えて切り盛りしている自然食の店である。ここにはクィラランの大好きなコーヒーもなく、メニューは**野菜スープ、野菜バー**

ガー、オート・ブラン・クッキー、ヨーグルト、りんごジュース、ハーブティー、といたってヘルシー。野菜バーガーなんて、と半信半疑で作ってみたが、意外にもコクがあり、とてもおいしかった。ジャンク・フードの代名詞のようなハンバーガーも、これなら体によさそうだ。最近はやりのローズヒップティーと、甘い香りのフレーバーティーをブレンドしたお茶がぴったりだった。

〈今月のポイント〉

今月は猫の嫌いなヘルシー料理。まったく邪魔をせず、おとなしく寝ていてくれて助かった。しかし、料理が終わって、えさをあげようとしたら、人の手をくんくん嗅いで不快そうににらみつける。ニンニクの匂いがしみついていたのだ。というわけで、みかんの皮をせっせとこすりつけ、石鹸で念入りに手を洗う羽目に。ニンニクを使うときは、料理の前に猫にえさをあげた方がいいだろう。

野菜スープ

〈材料（4人分)〉

コンソメスープ600cc／タマネギ、セロリ、ズッキーニのさいの目切り、それぞれ½カップ／人参の千切り⅔カップ／じゃがいものさいの目切り⅔カップ／ニンニク1片のみじん切り／ベイリーフ2枚／オートミール¼カップ／塩コショウ少々

〈作り方〉

すべての材料を鍋に入れて、野菜がやわらかくなるまで煮る。ベイリーフをとりだして、カップによそう。

野菜バーガー

〈材料（4人分)〉

細く削ったチェダーチーズ1カップ／タマネギみじん切り⅔カップ／ニンニク1片のみじん切り／パン粉⅔カップ／ペカンのみじん切り⅔カップ／卵1個／チリソース小さじ1½杯／乾燥バジル小さじ1杯／塩コショウ少々／マフィン4個／サラダオイル適量／バター少々

〈作り方〉

①オイル、バター、マフィン以外の材料をボウルに入れて、よく混ぜあわせる。4等分して丸く平らな形に整える。かたまりにくいときは、牛乳を少々加える。

②フライパンに油を入れて、①をキツネ色になるまで焼く。軽くトーストしてバターを塗ったマフィンにはさむ。

ショートブレッドとドライフルーツのシロップ煮
（『猫は留守番をする』より）

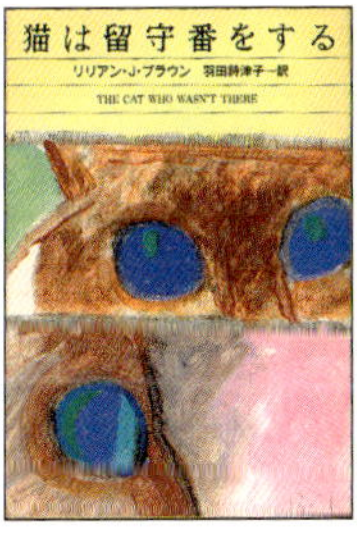

猫は、相手が慰めを求めているときには、ちゃんとそれを察知する。
『猫は留守番をする』で、ヤムヤムは訪問ペットとして、老人養護施設を訪ねることになった。だが、クィラランがキャリアーをとりだしたとたん、つかまるまいとして、すごい勢いで逃げ出してしまう。もっとも、いざ老人の前に出ると、「おとなしく喉を鳴らし、前足を折りたたんで、膝かけ毛布の上に居心地よさそうにくつろいで」みせ、「まあるく、なっとるね！　うれしいんだよ！」と老人を喜ばせる。
その様子をクィラランから聞いたポリーが口にしたのが、冒頭の言葉だ。クィラランもヤムヤムは「自分の役割を実に見事に果たしてくれたよ」と鼻高々だ。聡明なココの陰に隠れて、ふだんあまり目立たないが、ヤムヤムはそのやさしい性格で周囲の人々の心を和ませているのである。
振り返ってみれば、わたしが落ち込んでいると、ジョーンズも、ちゃんと膝に飛び乗ってきてくれた。膝の上でゴロゴロ喉を鳴らしている猫のシルクのような毛をなでていると、心の中がじわっと温かくなってくるから不思議だ。猫は生来の癒し手なのである。『猫は留守番をする』で、クィラランはポリーに誘われて、総勢十六人のスコットランド・ツアーに参加する。しかし、かつて交際していたメリンダまでツアーに参加するといいだすので、よりを戻そうとするのでは、と警戒する。もはやメリンダを魅力的には思えなかったのだ。「かつては彼を虜にしたあつかましい態度も、今では神経に障るだけだった。彼女の髪は彼の嫌いな流行の形になっていた。しかも、やせすぎていた。彼の趣味は変わったのだ」

『猫は郵便配達をする』をお読みになった読者の方々は、あんなにラブラブだったのに、と意外に思われるかもしれない。しかし、メリンダほど睫毛は長くないし、彼女ほどやせていないが、気心の知れた話し相手で、腕のいい料理人で、文学的興味を分かちあうことができ、さらに、これがクィラランにとっては最大のポイントだろうが、受け入れがたい要求を突きつけることもないポリーが、「しだいに大きな存在になりつつ」あったのだ。スコットランド旅行でのクィラランとメリンダの攻防、さらに、悲哀を漂わせた結末は本篇でお楽しみください。

さて、今回作った**ショートブレッド**は、簡単にいえばバタークッキーである。数年前にロンドンのホテルに泊ったときも、部屋にお茶のセットといっしょに置かれていた。外見はあまりぱっとしないので、おそるおそるかじってみたら、コクのある味があとをひいて、全部平らげてしまった。なくなると補充されるので、滞在中、アフタヌーンティーは連日、このショートブレッドとミルクティーだった。ただし、今回作ってみて実感したが、かなりの高カロリーだということをお忘れなく。

ドライフルーツのシロップ煮は、簡単でヘルシー、保存もきいて、お勧めの一品である。熱いうちに食べてもおいしいし、冷蔵庫で冷やしてアイスクリームに添えてもおしゃれだ。ドライフルーツ自体が甘い場合は砂糖の分量を控え目に。

〈今月のポイント〉

バターが好きなジョーンズなので、さっそく、キッチンのカウンターに飛び乗って、泡立てている様子を見張りはじめた。仕方なく作業を中断。ちょっぴりバターをなめさせてから、キャットフードをなだめすかして食べさせた。だが、それっきりおいしいものが出てこないので、毛布にもぐりこんでふて寝してしまった。かわいそうに、ササミでもあげればよかったと後悔させられた。愛猫の好物は常に用意しておきたいものだ。

ショートブレッド

〈材料（４人分）〉

やわらかくしたバター１カップ／砂糖⅔カップ／バニラエッセンス小さじ½杯／小麦粉２カップ

〈作り方〉

①オーヴンを180度に予熱しておく。

②バターをふんわりするまで泡立てる。そこに砂糖とバニラエッセンスを加え、ゴムべらで混ぜ、さらに小麦粉を入れる。

③②を小さなボウルに丸めて平らにして、丸く抜くか、長方形にするか、お好みで。フォークで表面に穴を開け、焼き色がつくまで2、30分焼く。

ドライフルーツのシロップ煮

〈材料（４人分）〉

りんご、プルーン、イチジク、杏などドライフルーツを３カップ、大きなものは適当に切る／水４カップ／砂糖大さじ２杯／レモン汁大さじ３杯／好みのリキュール大さじ２杯

〈作り方〉

①フルーツを分量の水に入れて、火にかける。沸騰したら火を弱め蓋をして、リキュールを入れて15分ほど煮る。

②砂糖とレモン汁を加えて、砂糖が溶けたら火を止める。

マッシュルームの詰めもの
（『猫はクロゼットに隠れる』より）

猫は閉まったドアには我慢できない。

これは経験に基づくアーチ・ライカの言葉だが、ようするに、猫はどこにでも自由気ままにもぐりこみたがる動物なのだ。そんなココとヤムヤムにとって、新たに引っ越した、クロゼットがどっさりある広大なゲージ屋敷は、天国のような場所だった。古いドアなので掛け金がきちんとかからないのをいいことに、二匹は勝手にあちこちのクロゼットのドアを開けては、さまざまな宝物を発掘してくる。

ただし、図書室のクロゼットだけは別だ。ここにはなぜか、しっかりと鍵がかけられている。ココはクロゼットの前でニャーニャー鳴き、把手をカタカタ揺すぶって、ここを開けてくれ、と要求する。ついにクィラランはココの命令に屈して、ニック・バンバに鍵を開けてもらうが、そこにしまわれていたのは、埋もれた過去の秘密を暴く証拠の品だったのである。

わが家の黒猫ジョーンズも、クロゼットにもぐりこむのが大好きだ。幸い、暴かれるような秘密はないが、白いスーッに黒い毛をべっとりつけられるのは困る。というわけで、クロゼットのドアはきっちり閉める、がわが家の鉄則である。しかし急いでいるときなどに、うっかり半開きのまま外出してしまうと、もう大変。帰ってみると、白いスカートにくるまって、ジョーンズが爆睡しているのを発見し、それから三十分は粘着ローラーでせっせと猫の毛をとる羽目になる。

『猫はクロゼットに隠れる』で、クィラランは一八六九年にムース郡を襲った大森林火災の資料を発見した。ヒクシーの閃きで、それを芝居に仕立て上げることになり、彼は《一八六九年の大火》というドキュメンタリー・ドラマの脚本を書く。当時、すでにラジオがあったという設定にして大火事を実況中継するという、斬新な発想の一人芝居だ。もちろん、主役はクィラランである。

依頼があればキャリングケースに道具を詰めて、クィラランと演出担当のヒクシーは学校の体育館、ホテルのホール、教会と、どこにでも駆けつける。いきなり停電になったり、舞台のセットが壊れたり、というようなアクシデントもあるが、おかげでヒクシーは新しい恋に巡りあうことができた（いつまで続くかは疑問だが）。本書では、本筋とは別に、この芝居公演の顚末もおおいに楽しめる。

マッシュルームの詰めものは、市の著名人たちを招待した《一八六九年の大火》鑑賞会のあと、ゲージ屋敷で出されたケータリング料理のひとつだ。「空腹の俳優には上品すぎる料理」と表現されているように、カニ肉を使い淡泊な味に仕上がった。隠し味のマスタードが効いていて、パーティ・メニューの前菜にぴったりだ。

パーティなら、やはりスパークリング・ワインをあわせたい。あっさりした料理なので、どっしりした芳醇なシャンパンではなく、なめらかな味わいのクレマン・ド・ブルゴーニュがあいそうだ。

〈今月のポイント〉

カニ缶を開けた頃から、いつものように足下をうろちょろしはじめたジョーンズだったが、仕上げにたっぷりパプリカをふりかけはじめると、下からクシュンクシュンとくしゃみの音が聞こえてきた。あれ、風邪をひいたのかしら、と思うまもなく、わたしもくしゃみの発作に襲われた。くしゃみをしながら、右手に握った赤い粉の入ったびんをふと見れば、なんと、カイエンペッパー、赤唐辛子の粉末だった。辛くないパプリカと色がそっくりなので、まちがえてしまったのだ。辛い、くしゃみのせいで早めに気づくことができた。鉱山の坑道にいるカナリアのごとく、辛い香辛料に敏感な猫は、たまには役に立つこともあるようだ。

だが余ったカニ肉をごほうびにあげようとボウルをのぞいたら、いつのまにか、猫がなめたかのようにピカピカになっている。一瞬、ジョーンズを疑ったが、ボウルのそばにスパチュラを握りしめて立つ編集部のK・K氏の顔をひと目見れば、カニを胃袋におさめた犯人は明らかだった。

マッシュルームの詰めもの

〈材料（4人分）〉

大きめのマッシュルーム24個／カニ缶1個／パン粉¼カップ／サワークリーム¼カップ／溶かしたバター大さじ2杯／タマネギみじん切り⅓カップ／白ワイン大さじ2杯／マスタード小さじ1杯／パプリカ適量

〈作り方〉

①オーヴンを210度に予熱しておく。

②マッシュルームの軸を抜き、裏側を上にしてクッキーシートに並べ、オーヴンで2分ほどあぶる。

③ボウルにカニ、パン粉、サワークリーム、バター、タマネギ、ワイン、マスタードを入れて混ぜ合わせる。カニ缶は水分が多いので、軽く絞って使う。

④マッシュルームに③の中身を詰め、パプリカをふりかける。焼き皿に並べ、オーヴンで10分ほど焼く。

ガンボ（『猫は島へ渡る』より）

猫は暴君として、人間を支配する。

合衆国中部北東地区一の富豪で、新聞の人気コラムニストでもあるクィラランは、「かつてはジャーナリストだった。現在は、二匹の猫に仕えるたった一人の召使い、という気がするな」とぼやく。というのも、彼の日々はシャム猫たちにえさをやり、ブラッシングしてやり、トイレを掃除することを中心に回っているからだ。

今回、クィラランとココとヤムヤムは、新しく開発された洋梨島の観光リゾートで、夏を過ごすことになった。ところが、狭苦しいコテージに閉じこめられているのが気に入らないのか、ココはクリーニングから戻ってきたばかりのクィラランのズボンやシルクのシャツをくしゃくしゃにしてしまう。おまけに、叱られても反省の色ひとつ見せず、傲岸不遜な態度をとる。クィラランは自分のような「体格、知性、教育、富のある男が、十ポンドの動物の暴君に支配されているとは、誰も信じないだろう」とため息をつくばかりだ。

クィラランですらそうなのだ。体格、知性、教育、懐具合、すべてにおいて彼よりも格

段に劣るわたしの場合、わずか三・六キロの黒猫ジョーンズが暴君ぶりを発揮したとしても、あきらめるしかない。たとえ、日曜の朝の六時から胸元に飛び乗られ、朝食をくれとうるさく鳴きわめかれても。ブラッシングは最低十五分、クシとブラシ両方で念入りに行なうように命じられても。その日の気分で食事場所を移動したがるので、お皿を持って猫のあとをついて歩く羽目になっても。すべて、猫の暴君の僕《しもべ》として甘受すべきことなのだ（嗚呼！）。

クィラランと二匹の猫たちが洋梨島で過ごしているあいだ、ポリーはオレゴンの友人のところに滞在している。しかし、ポリーからは手紙ひとつ届かず、もしかしたら向こうに引っ越すつもりかもしれない、という不安が募る。そこに、友人のおかげで「重大な決意をしました」という絵葉書が届き、やはり最悪の予想は当たった、と彼はポリーのいない暮らしを想像して意気消沈する。なにしろ、ポリーは彼の人生に長らく欠けていたものを満たしてくれたし、日頃から「ポリーとわたしは死が二人を分かつまで、結婚せずに幸せに暮らすつもりだよ」といっているクィラランなのだ。

さて、彼女の決意とは何だったのか……結末は、物語で実際にお確かめください。

今月のメニュー、**ガンボ**は、洋梨島ホテルのレストラン〈海賊船〉で出されたケイジャン料理のひとつだ。ホテルでは食中毒騒ぎのせいでターキーを使っているが、ふつうはチキンを使う。また、サッサフラスの風味を出すスパイス、フィレは国内では入手不可能なので、手持ちのスパイスでニューオリンズ風にアレンジしてみた。ドワイトは「オクラ！

よくあんなべとついたものを食べられますね」と眉をひそめたが、ピリ辛のシチューは、オクラのとろみが絶妙で、とてもおいしくできあがった。暑い季節にこれを食べれば、夏バテも吹っ飛びそうだ。ガンボはごはんにかけてもいいそうだが、ガーリックトーストを添えてもおしゃれだ。ガーリックの風味が、ガンボのトマト味にぴったりだった。

ガンボにはフランス、コート・デュ・ローヌ地区南部の赤ワイン、コート・デュ・リュベロンがあいそうだ。グルナッシュ種、サンソー種が主体の果実の香りがする軽快なワインなので、軽く冷やして飲むといいだろう。

〈今月のポイント〉

エビの匂いにつられてキッチンに現われたジョーンズ。自分の分を皿に盛りつけるように命じてから、首をさしのべ、お気に入りの編集者M・K嬢に顎の下をかかせて目を細めていた。近頃、この老獪な猫が僕としてこき使うのは、飼い主だけではなくなったようだ。

ガンボ

〈材料（4人分)〉

タマネギみじん切り⅓カップ／セロリみじん切り½カップ／ピーマンみじん切り⅓カップ／サラダオイル少々／オクラ40本／トマト水煮缶600 g／チキンストック3カップ／米（できたらインディカ米）¼カップ／エビ500 g／ゆでた鶏肉のさいの目切り300 g／チリソース小さじ2杯／ベイリーフの葉2、3枚／カイエンペッパー、タイム、カルダモン、クミン、ガーリック、セージなどお好みのスパイスを適量／塩コショウ少々／オリーヴオイル小さじ2杯

〈作り方〉

①タマネギをサラダオイルでいためてから、薄い輪切りにしたオクラ、トマト水煮、セロリ、ピーマン、ベイリーフを加えて、かきまぜながら10分ほど煮る。

②チキンストックを注ぎ入れ、米、チリソース、スパイス類を入れて30分煮る。

③背わたをとり除いたエビ、鶏肉を加え、必要なら湯をさらに加える。塩コショウで味を調え、仕上げにオリーヴオイルを垂らし、さらに10分ほど煮込む。

貝柱の乾燥トマト、バジル、サフラン入りクリームソース（『猫は汽笛を鳴らす』より）

猫は戦って自分の権利を勝ちとろうとはしない。

クィラランはうるさい二部合唱でココとヤムヤムに食事をねだられながら、こう考える。なぜなら猫は権利を当然のものとみなしているからだ。「食事を与えられ、水を飲ませてもらい、要求に応じてなでてもらい、膝やきれいなトイレを提供してもらう権利をはなから所有しているのだ……権利が手に入らないと、無言のうちに暴動にあたる行動に出る」と悟りきったクィラランは、猫の要求に素直に従っている。

たとえ法律用箋とペンを手に椅子にすわって原稿のネタを考えているときに、ヤムヤムが膝によじ登ってきても、じゃけんに追い払ったりはしない。彼はあわてず騒がず、用箋をヤムヤムの体に立てかけて、メモをとり続けるのだ。

いやはや、わが家でも、事情はまったく同じだ。しかも、その当然の権利が迅速に与えられないときの抗議の声といったら、耳をふさぎたくなるほど騒々しいうえに、しつこい。それでも断固無視してパソコンにしがみついていると、ジョーンズは飼い主の足に軽く噛みつくという暴挙に出る。おまけに最近は、毎日二度の散歩の要求までが加わった。マンションの中庭で植えこみの中をうろつくだけだが、土と緑の匂いを嗅ぐのが楽しいらしい。そして、僕《しもべ》のわたしはといえば、猫を放しているのを人に見られないように、びくびくしながら見張りをしている。たかが猫一匹とはいえ、こんなふうにこきつかわれていては、仕事が遅れるのも当然かもしれない。

『猫は汽笛を鳴らす』では、古い九号蒸気機関車が改造され、パーティ・トレインとして走ることになった。しかし、パーティ・トレインの出資者が経営する信用組合に査察が入り、本人は行方不明になるという事件が起きて、せっかくの企画に暗雲がたれこめる。かたや、『猫はクロゼットに隠れる』で、クィラランの片腕となって事件解決に貢献したシーリア・ロビンソンが、ピカックスに引っ越してきて、またもクィラランの調査の手助けをすることに。そんなとき、オレゴンの友人に設計してもらった家を建てる計画にのめりこんでいたポリーが、心労のあまり心臓発作を起こしてしまう。駆けつけたクィラランは実に頼もしく、やさしい。二人の絆を、あらためて再認識させられるエピソードである。

さて、今回の**貝柱の乾燥トマト、バジル、サフラン入りクリームソース**は、家のことばかり気にしているポリーを気分転換させようと、五つ星レストラン〈パロミノ・パドック〉に連れ出し、クィラランが注文した料理のひとつである。バジルとサフランの香りがきいていて、上品な一品に仕上がった。貝柱の下には淡い卵色のカッペリーニを敷いたので、色のとりあわせもきれいだった。

この料理には、キャンティの造り手として名高いカステロ・ディ・アマの白ワイン、アル・ポッジョ'94をあわせてみた。シャルドネで作られた酸味もありエレガントなワインだが、まろやかに熟成していて、ほのかにトマトの酸味がするクリームソースをひきたててくれた。

〈今月のポイント〉

ホタテには興味のないジョーンズは、生クリームをちょっとだけなめて、自分の寝場所に。しかし、《ミステリマガジン》の投稿欄「響きと怒り」の前川さんの投稿を読んであげ、「〃ジョーンズ君の写真も是非載せてもらえませんか?〃だって」と教えると、とたんにお得意の〃かわいいポーズ〃をとってみせた。すなわち、仰向けになり、両前足を軽く曲げ、腰のあたりをくねっとくねらせて、おなかを見せるというものだ。もちろん、カメラをとりだしたときには、人には見せられない格好に逆戻り。だいたい背景、アングル、ポーズを慎重に考えないと、黒猫の写真はどこが耳なのか鼻なのか尻尾なのか、区別がつかない。連載が続いているうちに、せめて一枚でもまともな写真を撮りたいものである。

貝柱の乾燥トマト、バジル、サフランス入りクリームソース

〈材料（4人分）〉

タマネギみじん切り 1/4 カップ／乾燥トマトのオイル漬け 1/3 カップ／ホタテ貝柱 400 g／バター大さじ2杯×2／ホイップクリーム1カップ／白ワイン大さじ3杯／サフラン小さじ 1/4 杯／ドライバジル小さじ 1/2 杯／塩コショウ少々／ゆでたカッペリーニ適量

〈作り方〉

①バター大さじ2杯をフライパンに溶かして、タマネギとトマトを中火で3分いため、ボウルにとりだしておく。

②バター大さじ2杯を溶かし、貝柱を入れ、透明になるまで火を通す。火を入れすぎないように。

③貝柱をフライパンからとりだし、エキスはとっておく。そこにクリーム、ワイン、サフラン、バジルを加える。かき混ぜながら中火で5分ほど熱する。①と貝柱、塩コショウを加える。

④ゆでたカッペリーニの上に貝柱を並べ、クリームソースをかける。

ボルシチ（『猫はチーズをねだる』より）

猫は、食事の時間が体内時計に組み込まれている。

クィラランが締切の迫ったコラムの原稿を書いていると、ドアの外からバリトンの苦情とソプラノの金切り声が響いてきた。腕時計を見ると十二時三分過ぎ。正午の昼食時間が過ぎたことに、ココとヤムヤムは腹を立てているのだった。クィラランは「食べ物に関して専制君主的な偏執狂」だと二匹に文句をいいつつも、皿に食べ物を盛りつけてやる。いくら原稿に没頭していても、猫の食事時間を無視するわけにはいかないのだ。

まあ、仕事中に食事を催促されるのなら、気分転換にもなるし、まだいいが、困るのは、唯一寝坊のできる（土曜に夜更かしした）日曜の早朝に、耳元でうるさく鳴かれ、たたき起こされることだ。朦朧《もうろう》としながら目覚まし時計を見れば、ぴったりいつもの起床時間。どうして時間がわかるのだろう、と不思議でならない。

おまけに最近、ジョーンズは散歩の時間も体内時計に組み込まれたらしく、正午と夕方七時になると、玄関にすわりこんでニャーニャー鳴く。クィラランの言葉を借りれば、

「高貴な支配者の前では卑しい召使い」のわたしは、おとなしく仰せに従うのだが。『猫はチーズをねだる』では、〈食の大探求〉と銘打って、食べ物に関する祭典が催される。そのせいか、今回はおいしいものがたくさん登場する。まず、さまざまなチーズ。チーズ専門店〈シップン・ニブル〉ができたせいで、ココもヤムヤムもすっかりチーズ好きになっている。特にスイスのチーズ、グリュエールには目がない。

また、クィラランはパスティ・コンテストで審査員を務めたり、新鮮な蜂蜜、とれたてのシイタケのソテーを賞味したりする機会にも恵まれる。

さらに『猫は島へ渡る』で始めたB&B経営に行き詰まったローリ・バンバが、本書で〈スプーナリー〉というスープ専門店をあらたにオープンする。今回試作した**ボルシチ**は、開店日の特製メニューのひとつだ。他にも、ソーセージとオクラのスープ、ニンニクとカシューナッツ入りカボチャスープ、トマトライス・スープ、ウィーン風グラーシュ、ターキーと大麦、オックステール、となかなか独創的なメニューが並んでいておいしそうだ。

ボルシチというと、ロシア料理だからと尻込みされるかもしれないが、ビーツさえ入手すれば、あとはありあわせの材料でも作れそうだ。簡単でおいしくてヘルシーなので、忙しい日の夕食にもいいだろう。

ところで、前作で心臓発作を起こして倒れ、バイパス手術を受けたポリーは順調に回復している。そして、義理の妹の家で静養しながら、健康のために、毎日、クィラランと手をとりあって散歩をしている。長年連れ添った夫婦のような微笑ましい光景だ。とはいえ、クィランはポリーに内緒にしていることがたくさんあり、「クィル、わたしに人きな隠し事をしていない?」と聞かれると、ぎくりとして、一ダースもの可能性が心をよぎるはどだ。

たとえば、オヌーシュと名乗る謎の女性に、ぶどうの葉でくるんだミートボールを作ってもらう約束をしたこと。ポリーに不要な嫉妬をさせまいとして、黙っていることにしたものの、小さな町なので、彼がミートボールの材料を買っていたことはたちまちポリーの耳に入り、厳しい追及を受ける羽目に。窮地を脱するためにクィランが発明した創造力豊かな筋書きには、思わずにやりとさせられた。

〈今月のポイント〉

煮込みに時間がかかるので、そのあいだ猫にえさをやったり、散歩に連れていったり、と召使いとしての仕事も果たせた。ただし、野菜から水分が出るとはいえ、あまりスープが少ないようなら適当に水を足して、焦げつかないようにご注意を。

ボルシチ

〈材料（4人分）〉

ビーツ1個（缶詰でも可）／人参中2本／セロリ2本／タマネギ1個／キャベツ1/3個／ニンニク1片／コンソメスープ800cc／ブラウンシュガー小さじ2杯／乾燥ディルウィード小さじ1杯／セロリソルト小さじ1/2杯／キャラウェイシード小さじ1杯／パセリみじん切り大さじ2杯／サワークリーム1/2カップ／塩コショウ少々／サラダオイル適量

〈作り方〉

①生のビーツは10分ほどゆでて皮をむき、ひと口大に切る。

②他の野菜の半量をみじん切りにして、油でしんなりするまでいためる。

③鍋にひと口大に切った残りの野菜とニンニクのみじん切り、①と②を入れ、コンソメスープ、ブラウンシュガー、ディルウィード、セロリソルト、キャラウェイシードを加えて煮立てる。沸騰したら、火を弱め、蓋をして40分ほど煮込む。好みで塩コショウを加え、皿に盛り、パセリとサワークリームを浮かべる。

シシカバブ（『猫は泥棒を追いかける』より）

猫はつけられた名前によって、自尊心や自負心に影響を受ける。クィラランは、このT・S・エリオットの言葉をポリーに教え、「ブーツィーという名前は、高貴で貴族的なシャム猫のような生き物にはあまりふさわしくないよ」といい、さらに名前が「彼の自負を揺るがせているなら、彼の悪い性格の説明もつくよ」と口を滑らせ、彼女を激怒させてしまう。たしかにクィラランとブーツィーは、ポリーをあいだにはさんで敵対関係にあった。しかし、たとえどんなに親しい間柄でも、ペットの名前の選択については、決して非難してはならないのだ。

ポリーとの仲が険悪になったクィラランは、知恵を絞り、猫の名前についてコラムを書くことにした。その軽妙洒脱なコラムを読んだポリーは、ブーツィーをブルータスに改名する気になり、二人は仲直りする。おまけに、ブルータスに改名されたとたん、ブーツィーは高貴なローマ人のようにお行儀がよくなって、クィラランとの関係も改善されたのである。

ところで、わが家の猫の名前はジョーンズだが、これにはいわれがある。目が開いたばかりで捨てられていたので、生き延びることができるように、という願いをこめて《エイリアン》で最後まで生き残った猫、ジョーンズの名前をもらったのだ。そのおかげか、ただ今十七歳だが、年の割には元気である。

『猫は泥棒を追いかける』では、ピカックスはクリスマス直前。若者はクロスカントリー・スキーで町に買い物に出かけ、メイン・ストリートでは、そりのベルがじゃらんじゃらんと響いている、という雪国ならではの風景が描かれている。

そして、なんと、ずっと独身を通してきたポリーの義理の妹リネットが、南からやって来た青年カーター・リーと結婚する。四十歳になるリネットはすっかりカーター・リーにのぼせあがっているが、皮肉屋のクィラランは、リネットとカーター・リーは「純情ぶっていながら、ひどく情熱的なので」「内心ぞっとしながら身震い」する。実は彼女は二十年前、教会で花婿に待ちぼうけを食わされるという辛い経験をしていた。ようやく幸せを手に入れたと信じて、リネットがはしゃいでいるだけに、その後の悲しい展開には、いささか胸がしめつけられる思いだった。

今回、挑戦した**シシカバブ**は、銀行家のウィラードとクィラランが、〈オヌーシュの地中海カフェ〉で注文したものだ。ラム肉をハーブとレモン汁で、ひと晩マリネしてから焼いたので、臭みもなく、やわらかく、とてもおいしかった。クミン、コリアンダー、ナツメグ、カイエンペッパーなど香辛料を工夫すれば、エスニックな味、辛い味、とお好みの味が出せるだろう。海辺や庭でバーベキュー・パーティというのも楽しいかもしれない。

焼きたてのシシカバブには、冷たいビールもいいが、わたしはイタリア・ヴェネト州の微発泡白ワイン、イル・プロセッコをキンキンに冷やしてあわせた。アルコール度一〇・五%なので、ビールと似た感覚で飲めて、こういう野性味あふれる料理にはぴったりだった。喉が渇いたときに気楽に飲める、夏にはお勧めのワインである。


〈今月のポイント〉

串に肉や野菜を刺していると、ジョーンズのお散歩催促が。シシカバブをオーヴンに入れてしまわないと、作業が進まないので、とりあえず猫草のある狭いベランダに出してやった。その後、無事料理が完成して、写真撮影も終わり、イル・プロセッコを開けて、さて、のんびり試食……という段になって、ジョーンズがいないことに気づいた。あわてて飛んでいくと、暑くて狭いベランダに、憤然とした顔をしてすわりこんでいた。閉め出したことを平謝りに謝ったが、あいにく好物のお刺身もササミもなく、仕方なくブラッシングで許してもらった。料理中、愛猫の所在にはくれぐれもご注意を。

シシカバブ

〈材料（4人分）〉

ラム肉500 g／レモン汁⅓カップ／サラダオイル大さじ2杯／塩小さじ1杯／コショウ小さじ1杯／オレガノ小さじ1杯／ローズマリー小さじ2杯／ピーマン2個／タマネギ1個／なす2個／焼き串12本

〈作り方〉

①ラム肉を2.5センチ角に切り、塩コショウとローズマリーの半量をもみこみ、レモン汁にサラダオイル、オレガノ、残りのローズマリーと塩コショウを加えたマリネ液につけて、ひと晩冷蔵庫に入れておく。

②①の肉をとりだし、焼き皿に並べ、予熱した210度のオーヴンで少し色が変わるぐらいまで焼く。

③②の肉と、適当に切った野菜を串に刺し、マリネ液を刷毛で塗りつけ、210度のオーヴンで、野菜に軽く焦げ目がつくまで両面を7、8分ずつ焼く。

ハーブ風味のポレンタ（『猫は鳥と歌う』より）

猫は話しかければ話しかけるほど、利口になる。

クィラランはそう信じて、ことあるごとに、ココとヤムヤムに話しかけ、外出のときも、行き先と帰宅予定時間を告げることにしている。もっとも、クィラランが「電話には出るんじゃない。冷蔵庫の電源を引き抜かないように。押し売りにはドアを開けないように」と注意を与えると、わたしたちはそんなまぬけじゃありませんよ、わかりきったことといわないでください、とでもいうように、二匹は無表情に見つめ返すのだが。

わたしも自分の予定は、同居人であるジョーンズに伝えるように心がけている。家にお客さまが来るときも予告し、猫好きな人だからね、と安心させる。そのせいか、インターホンが鳴ると、廊下を走って、お出迎えに飛んでいってくれる。

旅行のときは、大きなバッグをとりだしたとたん、何もいわなくても留守にすることを察知して、バッグの中にすわりこんで訴えるように見つめるので、何泊するか（老猫で心配なので、最近はたいてい一泊）、食事やトイレの世話は誰がしてくれるのか説明して、

了承をとりつける。十七年にわたって話しかけているあいだに利口になったのか、ちゃんと理解してくれているようだ。もちろん、旅先でまたたびとか、食事用の皿とか、おみやげを見繕うことは忘れない。

さてピカックスは春になり、『猫は鳥と歌う』で、クィラランは猫たちとりんご貯蔵用納屋に戻ってくる。庭には網戸を張った八角形のあずま屋が建てられたので、猫たちは、鳥や昆虫やそよ風をおおいに楽しめるようになった。ココは鳥の歌声に耳を傾けているうちに、なんと鳥といっしょに歌う才能まで身につけてしまう。

かつてポリーが家を建てようとしていた場所にはアート・センターができ、美術品が展示されたり、絵画教室が開かれたりとにぎやかだ。クィラランは画家の一人、ポール・スカンブルに頼んで、ポリーの肖像画を描いてもらうことにする。ところが、ポリーは画家の前でポーズをとることに時間をとられ、クィラランと週末をゆっくり過ごすことができなくなる。おまけにスカンブルが女性にもてると聞いて、彼は心中、穏やかではない。

そんなとき、ひさしぶりに二人で五つ星レストラン〈パロミノ・パドック〉に出かけ、クィラランが注文したダチョウのテンダーロインのつけ合せに出されたのが、**ハーブ風味のポレンタ**である。ポレンタというのは、イタリア北部の家庭料理で、とうもろこしの粉を水とバターで練った、一見、マッシュポテトかオートミールのような食べ物だ。煮込み料理のつけあわせとして、よく登場する。今回はちょっとおしゃれに、ハーブの香りを効かせ、チーズを加えてオーヴンで焼いた。もちっとした食感があとをひき、これだけでも、ちょっとした前菜によさそうだ。

ポレンタには、やはり北イタリアのワインをあわせた。イタリア最北端トレンティーノ・アルト・アディジェ州のファエードという町で作られる白ワイン、ビアンコ・ファイエだ。小型の樽で熟成した、シャルドネ主体のとろりと金色のこのワインは、ハーブを思わせる複雑で豊かな香りと、きりっとした味わいをあわせ持っている。

〈今月のポイント〉

十七歳になるジョーンズは、高齢のせいで腎臓が弱っているので、なによりも水をたっぷり飲まなくてはならない。そこで腎臓の負担を考えて、いつも浄水器で濾過した水を与えている。

今回の料理の日は、あいにくの土砂降りで散歩ができなかった。そのせいか、調理中、うろついて文句ばかりいうので、仕方なくベランダに出してやった。しばらくして様子を見に行くと、なんと！ 雨樋から伝わる雨水を、頭をびしょ濡れにして、ゴクゴク飲んでいるではないか！ 放射能に細菌、おまけに泥まで含まれている雨水を！ あっ、と叫ぶと、あわてて首をすくめたので、いけないことをしているという自覚はあるらしい。猫は利口になっても、人間のいうことを聞くとは限らないのだ。

ハーブ風味のポレンタ

〈材料（４人分）〉

ニンニクみじん切り２片／タマネギみじん切り½カップ／油大さじ２杯／バジル小さじ１杯／タラゴン小さじ１杯／チキンコンソメスープ４カップ／バター小さじ２杯／コーンミール１カップ／おろしたチェダーチーズ１カップ／塩コショウ少々

〈作り方〉

①オーヴンを180度に予熱しておく。

②ニンニクとタマネギを油でいため、バジルとタラゴンを加える。

③鍋にコンソメスープとバターを熱して、ゆっくりとコーンミールを加え、とろっとするまでかき回し続け、さらに②とチーズ、塩コショウを加え、チーズがとけるまでかき回す。

④バターを塗った焼き皿に③を流しこみ、30分ほど焼く。

ポークチョップ（『猫は流れ星を見る』より）

猫は太陽を愛していて、太陽も猫を愛している。

このすてきな言葉は、十八世紀のイギリスの詩人でジャーナリスト、クリストファー・スマートの詩からの引用である。『猫は流れ星を見る』で、クィラランとココとヤムヤムはムースヴィルに避暑にやって来る。二匹はログ・キャビンに到着するなり、お気に入りのポーチに飛び出していき、砂でざらざらした床にころがり、背中をこすりつける。それから、ぐんと体を伸ばして、たっぷりと陽射しを受け止めようとする。その様子を眺めながら、クィラランはこの言葉を思い浮かべるのだ。

たしかに猫が太陽の光を浴びて寝そべり、毛の一本一本にいたるまできらきら輝かせている光景は、うっとりするほど美しい。わが家のジョーンズも、気持ちよく晴れた日は、出窓に置いたお気に入りのクッションの上で、太陽に愛撫されるまま全身の力を抜いて横たわっている。光の粒子が踊っているかのように見える毛先にそっと触れると、ほんわか温かくなっていて、太陽に愛されている、というスマートの言葉がしみじみと実感された。

せっかくの夏なのに、ポリーは姉といっしょにカナダ旅行に出かけてしまい、少々寂しいクィラランだが、新しく増設したスナガリーという客用コテージに、ウェザビー・グッドのいとこでカラス研究学者のテスが泊りにやって来る。彼女は料理上手で、ラムのすね肉の料理やクロミキイチゴのパンケーキ、アヒルの卵のオムレツ、マカロニ・アンド・チーズなどを作って、クィラランの味蕾を甘やかす。おかげで、一泊だけで帰ってもらおうと思っていたクィラランも、ついついテスをスナガリーに泊めてしまうのだ。

そんなとき、ひと月ぶりにポリーが旅から帰ってきて、いきなりクィラランのコテージに現われた。折悪しく、たまたまテスの他に、さらに二人も若い女性が訪ねてきていて、湖を見晴らすポーチにすわり、ショートパンツ姿でサングリアを飲んでいるところだった。ポリーは啞然としながら、ピカックスに引き返していく。だが、クィラランは抜け目なく、翌日にふざけたカードをつけて大きな花束を送り届けて、ご機嫌をとり結ぶのだ。このあたりのあうんの呼吸は、信頼の絆で結ばれた、長いつきあいのカップルならではのものだろう。

この夏、ムースヴィルでは新しいレストラン〈オーウェンの店〉が、話題になっている。若い女性シェフが腕をふるうこの店の人気メニューは、独創的な串焼きじゃがいも。もっとも、ランチに出かけたクィラランとジュニア・グッドウィンターは、ソース、つけあわせ、風味づけを選択する複雑なメニューに読むだけで圧倒され、結局ありふれたローストビーフ・サンドウィッチを頼む。クィラランはディナーに行ったときも、新奇な料理を避けて、無難なラムのオーソブッコを選んでしまう。そもそも彼はマカロニ・アンド・チーズやアップルパイが好物なのだ。小さい頃から慣れ親しんできた母の味は、男性にとっていつまでも影響力をふるうものなのかもしれない。

今回作った**ポークチョップ**は、ミルドレッドが湖畔のコテージで、お客たちにふるまった料理である。りんごジュースをひたひたに注いでじっくり蒸し焼きにするので、肉は軟らかくなり、あっさりした味に仕上がり、おまけに手間もかからないので、ふだんのお総菜にも、パーティメニューにもよさそうだ。

作品の中では、ピノ・ノワールのワインをあわせている。ピノ・ノワールといえば、やはりブルゴーニュ。お手頃価格の果実味がみずみずしい若い赤ワインがあいそうだ。

〈今月のポイント〉

さすがに太陽に愛される猫、自分の美しさを心得ていて、しょっちゅうブラッシングをねだる。かつて黒ヒョウのような黒光りする毛並みが自慢だったジョーンズも、寄る年波で白髪が目立ってきたが、ポークチョップを焼いているあいだせっせとブラッシングすると、陽射しの中では小さな黒ヒョウに見えなくもなかった。手間いらずで、今月は猫も人間も幸せになれるメニューだった。

ポークチョップ

〈材料（4人分）〉

豚ロース肉の厚切り4枚／小麦粉½カップ／サラダオイル大さじ2杯／りんごジュース2カップ／タマネギみじん切り1カップ／人参1本／乾燥ローズマリー小さじ1杯／塩コショウ適量／つけあわせのクレソン、プチトマト少々

〈作り方〉

①オーヴンを180度に予熱しておく。

②豚肉に軽く塩コショウをして、小麦粉をまぶす。フライパンでサラダオイルを熱し、そこに肉を入れて表面に焼き色をつけ、オーヴン用焼き皿に移す。

③りんごジュース、タマネギ、千切りにした人参、ローズマリー、塩コショウを混ぜ合わせ、②に注ぎ入れる。

④③に蓋をして、1時間ほど蒸し焼きにする。つけあわせを添えて、皿に盛る。

マカロニ・アンド・チーズ
（『猫はコインを貯める』より）

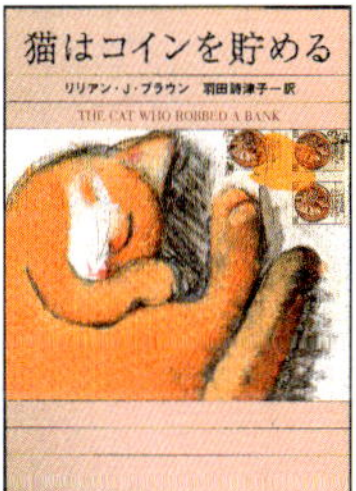

猫は、飼い主の電話に聞き耳を立てている。

クィラランが電話をしていると、しばしばココはさっと走ってきてテーブルの上に飛び乗り、会話に耳を澄ませ、アオンとかアウアウと鳴いて合いの手を入れたり、会話の邪魔をしたりする。電話が鳴りだす数秒前に、もうすぐ電話がかかってくることを察知するココは、電話の相手もちゃんとわかっているらしい。好きな相手だとクィラランを押しのけて話に仲間入りをしたがるし、気に入らない相手だと、前足でフックを押して勝手に電話を切ってしまうのだ。『猫はコインを貯める』では、宝石の現金販売の会話に熱心に耳を傾けている。といっても、クィラランに意見を求められると、知らん顔で夜食の棚にすたすた歩いていくところが、いかにもココらしい。

わが家のジョーンズも、電話の会話にはぬかりなく聞き耳を立てているようなので、悪口は御法度だ。「年をとってきたせいか、このごろ、わがままで」などとしゃべりながら、誰かの視線を感じて見回すと、ジョーンズが非難がましい目つきでにらんでいることがよくある。そこで、ジョーンズの噂をするときは、とりあえず居場所を確認してから……が鉄則である。もちろん、ほめるときはわざと大声でしゃべりながら、こっそり様子をうかがうと、目を細め、満足そうにヒゲをひくつかせている。

さて、『猫はコインを貯める』のピカックスは秋の盛りだ。爆破された〈ピカックス・ホテル〉は〈マッキントッシュ・イン〉として生まれ変わり、新しいシェフを迎え、〝新世紀ダイニング〟と銘打った新発想の料理で、クィラランをはじめとするグルメたちをうならせるようになる。

女性たちが浮かれているのは、デラキャンプという宝石商がやって来るからだ。ハンサムで優雅なデラキャンプは、女性限定のお茶会を開き、先祖伝来の宝石を買いとったり、新しくデザインし直した宝石を売りさばいたりしている。好奇心旺盛なクィラランは、このお茶会の様子をどうしても自分の目で見たくなり、なんと警備員に変装して潜入する。このクィラランらしい茶目っ気たっぷりのいたずらには、思わずにやにやさせられた。

また、この作品では、クィラランの亡き母が、若い頃にファニー伯母さんに送った手紙が登場する。そこには、母親がクィラランの父親と知り合い、結婚、クィラランを妊娠する経緯がつづられているが、これまでクィラランの父親についてはほとんど情報がなかっただけに、非常に興味深い。しかも、クィラランの回想の中でしか登場しなかった母親が、若い頃はどんな女性だったのかを知ることもできた。未読の方は、ぜひともご一読いただきたいと思う。

今回作ったマカロニ・アンド・チーズは、クィラランの好物として、他の作品にもたびたび登場している。インスタントのマカロニ・アンド・チーズも売っているので、お手軽にできる料理だが、今回はチェダーチーズを使い、さらにトマトスープを加えて個性を出してみた。トマトの酸味が加わって、すっきりした味わいの一品になった。好みのチーズを何種類か組み合わせれば、独自の味が出せそうだ。

あっさりしたグラタンなので、ワインをあわせるとしたら、ふくよかでやさしい香りのブルゴーニュの白、たとえばプイィ・フュイッセやリュイィあたりがあいそうだ。あるいは季節柄、軽く冷やしたボジョレー・ヌーヴォーをあわせても楽しいだろう。

〈今月のポイント〉

焼きあがるのを待ちながら、エビを入れてもいいかもしれない、と編集部のK・K氏、M・K嬢と話し合っていたら、いきなりウンニャーという鋭い声が。"エビ"という言葉を聞きつけて、ジョーンズがすばやく飛んできたのだった。エビは使ってないからと説明しても、疑わしげな目つきで、キッチンじゅうをうろつき回り、鳴きわめいている。仕方なく、また散歩に。これからは電話に限らず、不用意にエビ、お刺身、ササミなどの言葉は口にするまい、と決意した。それとも、この騒ぎは散歩に連れていかせるための猫の策略だったのだろうか？

マカロニ・アンド・チーズ

〈材料（4人分）〉

マカロニ200 g／タマネギ小1個／ピーマン1個／トマトスープ（キャンベル）1½カップ／おろしたチェダーチーズ1カップ／スライスチーズ7枚／砕いたクラッカー½カップ／溶かしバター¼カップ／塩コショウ少々

〈作り方〉

①オーヴンを180度に予熱しておく。

②マカロニをゆでる。

③みじん切りにしたタマネギとピーマン、トマトスープ、チェダーチーズ、スライスチーズをゆでたてのマカロニと混ぜる。塩コショウをして、バターを塗った焼き皿に入れる。

④バターとクラッカーを混ぜて、③の上に散らし、クラッカーがキツネ色になるまで30分ほどオーヴンで焼く。

スコッチエッグ（『猫は火事場にかけつける』より）

猫は家に持ちこまれた見慣れないものを、徹底的に調べ上げる。たとえば、クィラランがポリーから手袋箱をもらってくると、さっそくココは蓋の文字を鼻先でなぞり、さらに中の手袋を出させて狭苦しい箱に体を押しこんですわりこむ。エディントンの店で買ったピラミッドについての古本の場合は、ココとヤムヤムで評価が分れた。ヤムヤムは前足ではたけるか、ラグの下に隠せるか、嚙めるか、といった個人的視点から評価するのに対して、ココは目的は何か、どこから来たのか、なぜここにあるのか、という客観的視点から観察するからだ。結局、ヤムヤムは本を却下し、ココは本を受け入れて、玉座のようにその上にすわりこむのだった。

毛足の長いラグのときは、二匹ともさらに慎重になる。耳とヒゲを後ろに寝かせ、匂いを嗅ぎ、おそるおそる前足を一歩下ろして、生きているのか死んでいるのか確認しようとする。そのとたんに電話が鳴り、二匹とも飛び上がる様子がおかしい。

わが家では、買い物をしてきて中身をとりだし、試着などしていると、足下の紙袋がずるずると移動していくことがよくある。ジョーンズが頭からもぐりこんで、押して歩いているのだ。また、ココと同じくジョーンズも箱が大好き。小さめの箱を見つけると、決まって体を無理やり押しこむ。窮屈そうに丸くなって、得意げな顔をしたジョーンズを見ると、ふきださずにはいられない。

困るのは、お客さまの手荷物を点検することだ。とりわけ、毎月この連載のためにわが家にやって来る編集部のM・K嬢のバッグは、頭を突っ込んで熱心に匂いを嗅ぎ、あげくのはてに、ぺろぺろなめたりするのであわててしまう。ただし、いっしょに来ているK・K氏のかばんには見向きもしないのは、まったく不思議なことだ。

さて、『猫は火事場にかけつける』で、クィラランとココとヤムヤムは冬の到来に備えて、インディアン・ヴィレッジのコンドミニアムに引っ越した。ポリーと同じ棟に部屋があるので、買い物はクィララン、夕食作りはポリーという分担ができていて、二人はたびたびポリーの家で夕食をともにする。グルメな大富豪の夕食といっても、ポリーは堅実な女性なので、頻繁に残り物メニューを出すのが楽しい。たとえば、「チーズとベーコンの細切れで風味をつけたクリーム・スープ」や「きのうの残りのベイクトポテトが皮ごとどっさり入って」いるベイクトポテト・スープ。こういうきどらない料理をいっしょに楽しめるのも、二人がきわめて親密な関係だからこそだろう。

とはいえ、濃いコーヒーの好きなクィラランは、あまりおいしくないコーヒーを出されても、どんな種類のコーヒーをどうやって保存していたのか、とはさすがに遠慮してたずねない。だが、ポリーの方が一枚上手で、お味はいかが、と聞いておいて、悪くない、というクィラランの苦しまぎれの答えに、すました顔で「気に入ってくださってうれしいわ。それ、インスタントのカフェイン抜きコーヒーなの」と切り返す。クィラランがどんな顔をしたのか想像して、にやりとさせられる場面だ。

今月の**スコッチエッグ**は、〈マッキントッシュ・イン〉で前菜に出されたものだ。クィラランはこれが大好物らしく、ポリーの分までもらおうとするが、ポリーはきっぱりはねつける。挽肉に香辛料を強めにきかせてあるので、ソースは不要だった。冷めてもおいしいので、お弁当のおかずにもいいだろう。今回は珍しくスペインのワインをあわせてみた。リオハから南西に下ったリベラ・デル・ドゥエロのワインだ。といっても有名で高価なウニコではなく、お手軽な値段で入手できるペスケーラである。スコッチエッグというと、お総菜のイメージが強いが、果実味の凝縮したふくらみのあるワインとともに味わうと、レストランの前菜に出されてもおかしくない一品だと再認識させられた。

〈今月のポイント〉

ゆで卵を作るときには、黄身が真ん中にくるように箸でころがしている必要があるし、挽肉で卵をくるみ、パン粉をつけているあいだは、手がべとべとで、猫の世話などは不可能になると覚悟しよう。というわけで、かまってもらえず鳴きわめいていたジョーンズだったが、いつのまにか、ソファの上に見つけたM・K嬢のショールにくるまって幸せそうに寝ていた。

スコッチエッグ

〈材料（４人分）〉

固ゆで卵４個／卵１個／豚挽肉 400 g／パン粉 ¾ カップ／揚げ油／香辛料（ナツメグ、バジル、オレガノ、セージなどお好みで）／塩コショウ少々

〈作り方〉

①固ゆで卵を卵液につける。

②挽肉に香辛料と塩コショウを入れて混ぜ、それで卵を包みこむ。

③②を卵液にもう一度つけ、パン粉をまぶす。

④ 180 度ぐらいに熱した油で揚げる。

ラムチョップのラタトゥイユ添え
（『猫は川辺で首をかしげる』より）

猫は大切な家族である。

猫と暮らしている人にとっては、これは当たり前すぎる格言だろう。とはいえ、クィラランのように自分の幸福よりも、まず猫の幸福のために、常にできるだけの配慮をして、心を砕ける飼い主はそれほど多くないかもしれない。

『猫は川辺で首をかしげる』では、ポリーが姉といっしょに東海岸の博物館巡りの旅に出かけてしまったので、彼はブラック・クリークにある改装したての〈クルミ割りの宿〉で、二週間を過ごすことにした。もちろん、ココとヤムヤムもいっしょにスイートに滞在するのだが、ココはうるさく鳴きわめいて、狭い部屋に閉じこめられている不満を表明する。すると、クィラランは宿の経営者のローリに、熱心にこう訴えるのだ。「二匹は、頭上に梁や垂木のある、四階建てで広々とした納屋の暮らしに慣れているんだ。こんなふうに閉じこめておくのは、気の毒だよ。わたしの家族はこの二匹だけだからね、彼らが快適に暮らせるように配慮しなくちゃならない」

さらに警察署長のアンディ・ブロディが、孫たちを診てもらっている小児科医を知っているかとたずねると、クィラランはこんなふうに応じる。「いや、知らないな。わたしの家族は獣医に連れていってるんでね」ブロディは渋い顔になるが、猫好きの訳者は思わずにやりとさせられた。

というわけで、結局、クィラランとココとヤムヤムは、川べりのキャビンが空いたので（といっても、そのキャビンの宿泊客が殺害されるという事件があったのだが）、そちらに引っ越すことができた。猫たちは網戸つきポーチから、川を泳いでいくカモを眺めたり、コテージじゅうの引き出しを開けたりして、休暇をのんびり過ごすことになった。

だがやがて、〈クルミ割りの宿〉に隣接するブラック・クリーク保存地区を巡って事件が起きる。行方不明になった青年を捜すために、ココはクィラランといっしょにボートに乗って川をさかのぼる冒険までやってのけ、船首で水面をじっと見つめているその姿はりりしく、頼もしい。クィラランとココが結局、何を発見し、それが事件解決にどう役立ったのかは、作品でお楽しみください。

今月の料理は、**ラムチョップのラタトゥイユ添え**である。ラム料理は〈クルミ割りの宿〉のおはこのようで、ライカ夫妻とのディナーのときも、川辺のキャビンの隣人たちとのディナーのときも、クィラランをはじめ全員がメインにラムを注文した。作品ではただのローストのようだったが、わたしは少し変化をつけ、ラタトゥイユ用の野菜をたっぷりラム肉の上にのせて蒸し焼きにしてみた。おかげで、ラムが焼き上がったときには、肉が骨からほろっとはずれるほど柔らかくなっていて、ラムの癖のある匂いもまったくなく、あっさりした味わいに仕上がった。焼き上がるまでに二時間もかかるが、手間はまったくかからないので、オーヴンに入れたあとでオードブルを作ったり、サラダを用意したりできるので、パーティ料理にもお勧めだと思う。

ついに連載も今回が最後ということで、ラムにあわせてブルゴーニュのグランヴァン、エシェゾーを開けた。さすがにグランヴァンだけあって、力強く、ふくよかな味わいで、香りは優美で華やか、しめくくりにふさわしいワインだった。

〈今月のポイント〉

毎回、騒いだり、すねたり、自発的に手伝って（?）くれたりして、積極的に料理に参加してくれたジョーンズだったが、実は今月の料理のつい十日ほど前に、持病の腎臓病が急に悪化して天国に旅立ってしまった。十七歳七カ月だった。うれしいときも、悲しいときも、そばにいてくれて、楽しい思い出を数え切れないほど残してくれたジョーンズ、ありがとう。いまさらのように、ともに過ごした時間が貴重でいとおしく感じられる。どうぞ、みなさんも、小さな家族との時間を大切にお過ごしください。

ラムチョップのラタトゥイユ添え

〈材料（４人分）〉

ラムの骨つき肉４本／小麦粉少々／サラダオイル適量／ニンニク２片みじん切り／タマネギ小１個乱切り／ピーマン１個乱切り／ナス１個／ズッキーニ１本／トマト３個／タイム、オレガノ、ローズマリー各小さじ ½ 杯／パプリカ少々／塩コショウ少々

〈作り方〉

①オーヴンを 180 度に予熱しておく。

②軽く塩コショウしたラム肉に小麦粉をまぶし、サラダオイルでキツネ色になるまで焼く。

③水を少量入れた焼き皿に②を入れて、蓋をして１時間ほどオーヴンで焼く。

④ニンニク、タマネギ、ピーマン、１センチ角に切ったナスとズッキーニ、皮をむいて乱切りにしたトマトを肉の上にかぶせる。塩コショウ、パプリカ、タイム、オレガノ、ローズマリーをふり、蓋をしてさらに１時間ほど蒸し焼きにする。

カキのロックフェラー風
（『猫は銀幕にデビューする』より）

猫はえさに混ぜられた怪しげなものを必ず見抜く。

今は亡きジョーンズの晩年、腎臓の悪い彼のために薬やサプリをえさに混ぜようとしたが、うまくいったためしがなかった。うさんくさそうな目つきでじっとお皿を見つめ、フンといいたげな顔で、食べ物にまったく口をつけずに立ち去ったものだ。

『猫は銀幕にデビューする』で、クィラランはキット・キャット・レヴューに出演するあいだおとなしくさせておこうと、ハーブで作られた鎮静剤をココのえさに混ぜた。だが、利口なココはヤムヤムと皿を交換して、ヤムヤムに鎮静剤入りのえさを食べさせる。

その結果、ココは引き綱をつけられて舞台を行進中に、観客の叫び声に興奮してクィラランの手から引き綱をもぎとり、大騒動をひき起こす。ココは「舞台から飛び下りると、テーブルの最前列に走りこんだ」「引き綱をひきずりながらホールを飛ぶように走り回った——頭を飛び越え、人の背中や肩に着地し、シャンパンのボトルやグラスが散らばった」

さて、このレヴューの会場となったのはかつてのオペラハウスだ。カリフォルニアで成功をおさめ、六十年ぶりにピカックスに戻ってきたセルマ・サッカレーが、映画が見られて食事やお酒も楽しめるクラブにオペラハウスを改装したのだ。そのお披露目もかねて、チャリティ・レヴューは企画された。セルマは実は猫嫌いなのだが、一人あたり一・五匹の猫を飼っている地域社会では、猫嫌いのレッテルを貼られるのはまずいとクィラランが忠告し、セルマにレヴューの会場を提供することを承知させたのだった。気むずかしいセルマだが、クィラランのことはすっかり気に入り、「かわいい人」と呼んで打ち明け話をする。個性あふれる八十一歳のエネルギッシュなセルマと、クィラランとのやりとりがこの作品の読みどころだ。

また今回、おなじみの〈古い水車小屋〉亭が改装されて、エリザベス・ハートが経営する〈粉ひき場〉という新しいレストランになった。さっそくポリーと出かけたクィラランが前菜に注文したのが、**カキのロックフェラー風**である。

これはアメリカの実業家ロックフェラーが好んだ料理で、一八九九年にニューオリンズのレストランで初めて作られたらしい。さまざまな料理法があり、日本のオイスターバーだとホウレンソウを敷いてカキをのせ、ホワイトソースをかけてグラタンにしたものが多いようだが、わたしは伝統的レシピに従って、大人の味に仕上げてみた。あいにく殻つきのカキが手に入らなかったが、殻をお皿にして焼くとおしゃれだろう。逆にカキの季節ではないときは、冷凍のカキを使用しても、ソースの味がしっかりしているのでおいしくできる。

相変わらず野菜嫌いのクィラランは、メインにサラダなしでシーフードとステーキの特製盛り合わせを頼み、ポリーにたしなめられる。この料理にはホウレンソウを使うので、クィラランのように野菜嫌いの人にも無理なく野菜を食べさせることができそうだ。

生ガキに白ワインのシャブリという組み合わせは定番なようでいて、コクのあるシャブリだとあわない場合がある。だが、ロックフェラー風だとカキの生臭さはまったくないので、シャブリはもちろん、まろやかなシャルドネの白ワインでもあいそうだ。カキの季節の冬のおもてなしなら、ピノ・ノワール主体の骨格のしっかりしたシャンパンでも。

〈ポイント〉

ココは燻製のカキが好物だが、おそらく生ガキが好きな猫はいないだろうから、材料をつまみ食いされる心配はなさそうだ。ただし、フードプロセッサーのガーッという音に猫が興奮して、レジューでのココのように跳ね回りかねないので注意したい。

風味づけのリキュールはアニスが好きならパスティスを。わたしはパスティスが苦手なので、代わりに白ワインを使った。辛口ならお好みのお酒でかまわないだろう。

カキのロックフェラー風

〈材料（4人分）〉

カキ12個／ゆでたホウレンソウ⅔カップ／パン粉（できたらフランスパンをすりおろしたもの）大さじ2½杯／タマネギみじん切り大さじ2杯／焼いてみじん切りにしたベーコン1枚／パセリみじん切り大さじ½杯／塩小さじ¼杯／タバスコ少々／エクストラヴァージンオイル大さじ1½杯／すりおろしたパルミジャーノチーズ大さじ2杯／辛口リキュール小さじ½杯

〈作り方〉

①フードプロセッサーにホウレンソウ、パン粉、タマネギ、ベーコン、パセリを入れて攪拌する。さらにチーズ以外の残りの材料を入れて、ピュレ状にならない程度に細かくする。

②カキの上に①をすくってかけ、チーズをのせ、完全に火が通って、てっぺんがきつね色になるまで10分ほどグリルで焼く。

サーモンのヨーグルト・ソース、ベイクトポテトとアスパラガス添え
（『猫は七面鳥とおしゃべりする』より）

猫は自分でなくしたものを探そうとしない。

「土曜日の夜、八角形の納屋はてんやわんやの騒ぎだった」なんと社会的地位もある、いい年をした大人四人が、床で四つん這いになって、あっちに行ったりこっちに来たりしながら、必死になってラグをめくったり、ゴミ箱の中身をぶちまけたりしていたのだ。というのもヤムヤムがお気に入りの指ぬきをどこかにころがして見失ってしまい、探してくれと人間たちに声高に命じたからだった。もちろん、そのあいだじゅう猫たちは暖炉のてっぺんにうずくまって高みの見物である。

いくら忙しくても、のんびりくつろいでお茶を飲んでいたくても、猫の命令には逆らえない。クィラランもたび重なるヤムヤムの指ぬき探しの命令に辟易して、『猫は日記をつける』ではノイローゼになりそうだ、とぼやいている。

今は亡きジョーンズも、アルミホイルを丸めたおもちゃが大好きで、何時間も飽きずに前足でころがして遊んでいた。だが、いったんどこかにはたきこんでとれなくなったら最

後、とってもらうまでうるさく鳴きわめき続けた。いやはや、その鳴き声ときたらパトカーのサイレンなみ。仕方なく、猫目線になるために赤ん坊のように床をハイハイして探し回った。まあ、それも有酸素運動だしダイエットになると、自分を慰めたものだ。

『猫は七面鳥とおしゃべりする』では、タイトルどおり、絶滅したと考えられていた野生の七面鳥に、クィラランと猫たちが遭遇する。そのときのココの威嚇ぶりがすごい。クィラランはクィラランで、あまりにも醜い七面鳥の姿に茫然となり、野生の七面鳥の講演会にまで参加する。そこで買った七面鳥用呼子の音は、なんとココがあずま屋で七面鳥に呼びかける声とそっくりだった。

またクィラランは『猫はクロゼットに隠れる』にひき続き、ひとり芝居《一九一三年の大嵐》に挑戦し、かつてブルルを襲った嵐の模様を迫力たっぷりに演じる。かたやポリーは図書館長を辞すことに決め、ピカックス初の書店を開くために多忙をきわめている。二人とも忙しいのでデートもままならないが、時間を作り、おしゃれしてディナーに出かけたのは〈粉ひき場〉だった。前菜にクィラランはカキのフレンチフライ、ポリーはあっさりとトマトコンソメ。メインにクィラランが選んだのはラム・カレーで、ポリーは**サーモンのヨーグルト・ソース、ベイクトポテトとアスパラガス添え**。ポリーは心臓をわずらってからヘルシーな料理を好むようになったせいか、量が多すぎると文句をいっている。カナダに近い土地なので、サーモンがかなり大きかったのかもしれない。胃袋の大きさにあわせて調整を。

この料理はソースの中にトマトやピクルスを刻んで入れてあるので、とてもさわやかな味に仕上がった。ヨーグルトが苦手な人でもたぶん大丈夫だと思うので、お試しください。あわせるワインはソースに軽い酸味があるので、なかなかむずかしいが、すっきりしたスパークリング、あるいはリースリングで作ったきりっとした白ワインがいいだろう。わたしは白ワインを一本買って料理にも使ったので、一石二鳥だった。

〈ポイント〉

温かいサーモンに冷たいソースをかけてもいいし、少しさまして室温にしたサーモンにかけてもいい。あるいは、調理したサーモンを冷蔵庫で冷やしておき、冷たいソースをかければ、真夏のランチにぴったりだろう。ジョーンズは嫌いだったが、ココやヤムヤムのようにヨーグルト好きの猫を飼っている方は、ソースをなめられないようにご注意を！

サーモンのヨーグルト・ソース、ベイクトポテトとアスパラガス添え

〈材料（４人分）〉

生サーモン４切れ／ローリエ２枚／パセリの軸少々／白ワイン½カップ／トマト小１個粗いみじん切り／ヨーグルト大さじ６杯／マヨネーズ大さじ２杯／ピクルスみじん切り大さじ２杯／パセリみじん切り大さじ２杯／レモン汁小さじ２杯／塩コショウ少々／じゃがいも小４個／アスパラガス４本

〈作り方〉

①サーモンに塩コショウをする。

②①をフライパンに並べて、ローリエ、パセリの軸、白ワインを入れて、弱火にかける。沸騰したら蓋をして、7、8分蒸し煮にして火を止め、しばらく置く。

③トマトは湯むきして種をとり、粗みじんに。

④ヨーグルトとマヨネーズをあわせた中にトマト、ピクルス、パセリを入れ、レモン汁を加え、塩コショウで味をととのえる。

⑤サーモンに④のソースをかける。

⑥つけあわせのベイクトポテトはオーヴンで焼いてもいいが、皮ごと電子レンジにかけてやわらかくしてから、数分だけオーヴントースターなどで焦げ目をつけると簡単にできる。アスパラガスは根元を切り落とし、半分に切り、さっと塩ゆでに。

バナナスプリット（『猫はバナナの皮をむく』より）

猫は気に入らない相手には遠慮なくその気持ちを伝える。

猫の辞書には「お世辞」とか「作り笑い」とか「追従」という言葉はないにちがいない。

わが家のジョーンズも気に入らないお客が来ると、ぶしつけに匂いを嗅いで、さっときびすを返して逃げたり、持ち物を噛んで歯型をつけたり、こちらが冷や汗をかくほど失礼な態度をとった。

『猫はバナナの皮をむく』のココはさらに巧妙で、傾斜路にバナナの皮をこっそり置き、気に入らないお客の足を滑らせて尻餅をつかせる。クィラランはそれを申し訳なく思いながらも、まるで喜劇の舞台を目の当たりにしたようで、お客が帰ったあとで笑いをもらさずにはいられなかった。そして、サミュエル・ジョンソンの詩のパロディを即興で書き上げる。

彼はそなたが好きではない、ミスター・ウェイド

説明は一切なしで
ただわかっているのは
こういう状況だということだけ
彼はそなたが好きではない、ミスター・ウェイド

そもそも、どうしてバナナの皮が家にあったのかというと、クィラランが毎日一本ずつバナナを食べるように医者に指示されたからだ。残念なことに、クィラランは果物の中でいちばんバナナが嫌いだった。その結果、バナナを買ってきても、食べることをつい逡巡し、気がつくと茶色くなってしまい捨てることになった。それでも健康のためとあっては、しぶしぶスライスしてシリアルに入れたり、少年時代に少しずつ皮をむいてわくわくしながら食べたときの喜びを思い出そうとしたり、あれこれ工夫を凝らす。もしかしたらココはそんな滑稽なクィラランの姿を観察しているうちに、バナナの皮でいたずらを企む気になったのかもしれない。

本書では、ポリーが店長を務める〈海賊の宝箱〉というピカックス初の書店がついにオープンする。図書館長の仕事のかたわら新書店の準備をしているため、ポリーは目が回るほど忙しく、クィラランと会う時間もとれない。ポリーのために食料品の買いだしをしてあげても、これまでのように手作りディナーに招かれずクィラランはがっかり。そんなときにロックマスター出身のハンサムな青年ウェイドが書店の手伝いをするようになる。有

能でそつがない彼は、ポリーをはじめ女性たちにも人気上々だ。その後が傾斜路で尻餅をついたので、クィラランがこっそり溜飲を下げたのもわかるような気がする。

新書店の目玉は、なんといっても本屋猫ダンディである。ダンディを育てたチィラと娘のキャシーは、書店のショーウィンドウでひなたぼっこしている彼に会うためにロックスターからやって来る。クィラランが二人を招待するのが〈おばあちゃんのお菓子屋〉だ。さすがにダイエット中のクィラランはサンデーで我慢するが、若いキャシーは**バナナスプリット**を注文する。

アメリカでは定番のデザート、バナナスプリットだが、一九〇四年に薬局で働く二十三歳の青年薬剤師が、店のソーダ売り場のスペシャルサンデーとして発明したのが始まりだそうだ。バナナを縦長にふたつに切り（スプリット）、その上にアイスクリームと生クリームをてんこ盛りにした、いかにもアメリカ人好みのデザートである。日本人にはあまりにもボリュームがありすぎ甘すぎるので、ラム酒で風味をつけて大人の味にアレンジしてみた。

〈ポイント〉

バナナにはカリウム、マグネシウム、ビタミンB、C、食物繊維などが含まれ、とてもヘルシーな食品だ。ただし、これだけアイスクリームと生クリームをたっぷりのせるとカロリーは高くなるので、クィラランのようにダイエット中の方は量を加減していただきたい。そして、ココのようにいたずらな猫を飼っている方は、くれぐれも皮の処理はきちんとしよう。

バナナスプリット

〈材料（４人分）〉

バナナ４本／バター小さじ４杯／ラム酒大さじ１杯／アイスクリーム、好みの種類をそれぞれ280cc／ホイップクリーム１カップ／キウイ１個／飾り用のチョコレートトッピング

〈作り方〉

①フライパンにバターを熱し、縦に細長く２等分したバナナを入れ、蓋をして軽く蒸し焼きにし、仕上げにラム酒を入れてアルコール分を飛ばす。

②お皿にバナナを敷き、その上にスクープですくったアイスクリームをのせ、さらにホイップクリーム、キウイの薄切り、チョコレートトッピングなどを飾りつける。

ホットドッグとポテトサラダ
（『猫は爆弾を落とす』より）

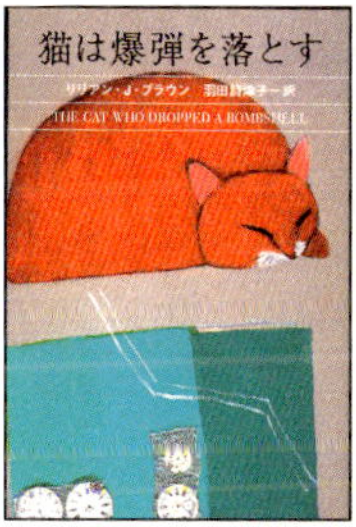

猫はすばらしい聞き手である。

辛いこと、悲しいこと、憤懣やるかたないこと、そんなことが胸にあふれたら、飼い猫に打ち明けてみよう。猫は同情深い表情を浮かべ、じっと話に耳を傾け、ざらついた舌で頬の涙をなめとってくれるだろう。わがままで気ままな猫だが、飼い主の気持ちにはとても敏感なのだ。

わが家の黒猫ジョーンズも、十八年近くいっしょに暮らしているあいだ、何度となく、わたしの深夜の愚痴や涙につきあってくれた。ワインを入れたグラスのかたわらでテーブルに寝そべり（そういうときは特別に許してしまう）、思慮深いまなざしでこちらの顔を眺め、ときおり手をなめて励ましてくれたものだ。話があまりに長くなり夜が更けてくると、うんざりするのか、膝によじのぼってきてぐうぐういびきをかいて寝てしまうこともあったが、それはそれで、やわらかな毛並みをなでていると癒された。

しかも、何を打ち明けようとも、猫は口が固いので安心だ。

『猫は爆弾を落とす』では、ピカックスの百五十年祭の計画がちゃくちゃくと進行中である。メモリアルデーには華々しいパレードが行なわれることになっていた。その責任者ギルはクィラランを訪ねてきて、進行中のパレードの計画についてたずねられると、近くをうろついているココをちらっと見て、ここだけの話にしてほしい、と念を押す。人々を驚かせるひそかな仕掛けをあれこれ企画中だったのだ。するとクィラランは「ご心配なく。ココは口が固いですから」と応じる。打ち明け話をする相手は猫のように口が固い、というのが前提だ。

ところで、今回はクィラランがわくわくするような出来事が起きた。りんご貯蔵用納屋をスケッチしたいという建築家志望の青年が訪ねてくるのだ。だが、ココは飼い主ほど喜ばなかった。それどころか納屋の高い梁からずっと観察していて、いきなり青年めがけて身を躍らせ、体当たりを食わせる。といってもココは急に凶暴になったわけではなく、彼なりに人物評価を下したのである。

さて、その夏、ピカックスでは一族の親睦会が七つも予定されていた。クィラランはそのうちのひとつ、オギルヴィー＝ファグトリー家の集いを取材に行った。『猫は幽霊と話す』で悲劇に見舞われたクリスティ・ファグトリーが、その後ミッチ・オギルヴィーと結婚したのだ。親睦会では親戚同士のあいだで噂話が飛び交い、大人も子どもも和気あいあいと楽しんでいた。だが、クィラランが帰ったあとに殺人事件が起きてしまう。もちろん、ココはそのことを察知して、死の咆哮をあげる。

戸外の親睦会での料理の定番といえば、**ホットドッグとポテトサラダ**。ホットドッグにはソーセージではなく牛挽肉を使い、ピリ辛の味つけにした。飲み物は夏で戸外となれば、やはりキンキンに冷やしたビールだろうか。暑い昼間ならペリエも必需品だ。ただし一族の親睦会ではなく、二人だけのピクニックなら、ぜひともおしゃれに辛口のスパークリング・ワインとシャンパングラスを持っていきたい。

〈ポイント〉

辛いものが苦手な方はチリパウダーの量を調節してほしい。味を見ながら、少しずつ加えていく方が安全かもしれない。そのさいに威勢よくボトルを振るとあたりに飛び散り、何にでも興味を持つ猫がすぐ後ろで観察していた場合、激しいくしゃみの発作に襲われかねないので注意したい。

ホットドッグ

〈材料（６人分）〉

タマネギみじん切り ¼カップ／バター大さじ１杯／牛挽肉400g／ニンニクみじん切り２片／チリパウダー大さじ１杯／塩小さじ１杯／黒コショウ小さじ½杯／トマトペースト¼カップ／水½カップ／グリルしてバターを塗ったホットドッグ用パン６個

〈作り方〉

①バターでタマネギをいためる。

②さらに挽肉を加えていため、余分な水分を捨てる。

③パン以外の残りの材料を加え、かき回しながら弱火で10分以上煮つめる。

④パンに③をはさむ。

ポテトサラダ

〈材料（６人分）〉

マヨネーズ１カップ／マスタード⅛カップ／タマネギみじん切り¼カップ／セロリみじん切り½カップ／ゆでてさいの目に切ったじゃがいも中５個／塩コショウ少々／固ゆで卵みじん切り１個分／スイートピクルスのレリッシュ½カップ

〈作り方〉

①マヨネーズ、マスタード、タマネギ、セロリを混ぜ合わせる。そのソースでじゃがいもをあえる。

②塩コショウをして、卵とレリッシュを混ぜこむ。

ガスパチョとトマトとベーコンのキッシュ
（『猫はひげを自慢する』より）

猫はヒゲにすばらしい能力を秘めている。

ココの不思議な能力――たとえば、電話がもうすぐ鳴りだすことがわかる、悪い人間を見分けられる、忌まわしい死が起きたことを察知する――は普通の猫よりもたくさんヒゲがあるせいなのではないかと、クィラランは考えている。普通は左右それぞれ二十四本ぐらいだが、なんとココは三十本もあるのだ。『猫はひげを自慢する』では獣医のドクター・コニーにそのことを打ち明けるが、どうしても信じてもらえない。そこで歯石をとるときに、ドクター・コニー自身が数えてみて、三十本なかったらクィラランが〈マッキントッシュ・イン〉のディナーをごちそうする約束をする。

残念ながら、ジョーンズのヒゲを数えたことはなかった。まあ、十八年近い猫人生のあいだ、ココのように予知能力を発揮することもなかったので、たぶん平均的な二十四本だったのだろう。それでも、そのヒゲをかなり有効に利用した。たとえば朝のチクナク攻撃。早朝、おなかがすいたジョーンズは、ニャーニャー鳴いても無視されると、よくわたしのほっぺたをりっぱなヒゲで突いて起こそうとしたものだ。

　今回、ポリーは友人シャーリーの誕生会のためにロックマスターに行く。シャーリーは三年前に図書館の仕事を辞めて、家業の書店の経営を引き継ぎ、創意工夫によってつぶれかけていた書店の売り上げを三倍にした。それに感謝して、息子から誕生祝いにパリ旅行を贈られる。そしてなんと、ポリーも同行することになったのだ。クィラランがそのびっくりニュースを聞かされたのは、あずま屋で、シーリアにケータリングをしてもらった**ガスパチョとトマトとベーコンのキッシュ**の夕食をとりながらだった。

　いっしょに行けないクィラランは一抹の寂しさを感じると同時に、不安を覚える。ポリーは旅行に行くたびに、すてきな男性と出会うからだ。未読の方のために詳しくは書かないが、不安は的中、あっと驚くような出来事が起きる。この作品以降、シリーズはどういう方向に行くのか、訳者としても興味しんしんである。

　ガスパチョはトマトで作るスペインのスープだ。火を通していないので、ミネラル、ビタミンが壊れず、暑い夏を乗り切るにはうってつけの料理だろう。スペインでは、大量に作って水代わりに飲んでいる家庭もあるそうだ。

　トマト味のガスパチョとキッシュにあう飲み物といえば、やはりシャンパンだろう。夏向けの料理なので、シャンパンもきりっとしたブラン・ド・ブランがお勧めだ。あるいはスペインのお酒、サングリアもあいそうだ。オレンジなどの柑橘類をたっぷり入れて独自の味にすると楽しそうだ。

ガスパチョ

〈材料（6人分）〉

完熟トマト1キロ／タマネギ½個／キュウリ1本／ピーマン1個／ニンニク1片／食パン2枚／オリーヴオイル大さじ2杯／レモンのしぼり汁1個分／塩小さじ1杯

〈作り方〉

①トマトは皮をむき、種をとりのぞく。タマネギ、キュウリ、ピーマンは細かく切る。ニンニクはみじん切りに。

②①と調味料、ちぎったパンをフードプロセッサーかミキサーで何度かにわけて攪拌して液化する。

③スープの濃さは冷水を加えて、好みに調整する。

④できあがったものを冷蔵庫で冷やして出す。

〈ポイント〉

トマトが完熟していないとガスパチョの色が薄くなるので、トマト選びは慎重に。フードプロセッサーにかけたときに色が物足りなければ、水煮缶のトマトを色つけのために少しだけ使ってもいいだろう。

トマトとベーコンのキッシュ

〈材料（24cm のタルト型1台分）〉

パイ生地（冷凍で可）必要量／グリュイエールチーズ 100 g／トマト ½ 個／ベーコン2枚／タマネギ ⅓ 個／マッシュルーム2個／卵2個／生クリーム 150cc ／塩小さじ ½ 杯／粗挽きコショウ少々

〈作り方〉

①オーヴンを 200 度に予熱しておく。

②タルト型にパイ生地を敷き、余分な部分を切り落とす。

③②の上にクッキングシートを敷き、重石をのせてオーヴンで 10 分焼く。重石をとってさらに5分焼く（重石は米でも代用できる）。

④トマト、タマネギは5ミリぐらいの薄切りに、ベーコンは1センチ幅に切る。マッシュルームは薄くスライスする。

⑤ボールに卵、生クリーム、塩、コショウを入れて泡立て器で混ぜ合わせる。

⑥③で焼いたパイにタマネギ、ベーコン、トマト、マッシュルーム、チーズの順でのせる。

⑦⑤を注ぎ、180 度のオーヴンで 30 分ほど焼いてできあがり。

あとがき

シャム猫ココ・シリーズも最新作『猫はひげを自慢する』で二十九作目になりました。思い起こせば、シリーズ一作目の『猫は殺しをかぎつける』が出版されたのが一九八八年五月、かれこれ二十年近く前です。これほど長いあいだシリーズ作品を訳し続けてこられたのも、ファンのみなさまのおかげです。この場を借りて厚く御礼申し上げます。リリアン・J・ブラウンはペースが落ちたとはいえ、まだまだ新作を発表していますので、これからもよろしくお願いいたします。

さて、本書『猫はキッチンで奮闘する』は《ミステリマガジン》の二〇〇二年四月号から二年にわたって連載した記事に、その後の作品からの新しいレシピも加えてまとめたものです。そもそも、連載を始めたきっかけは、第一回でも簡単に触れていますが、シャム猫ココ・シリーズに登場する料理のレシピ本を見つけたことでした。主人公のクィララン もココもグルメなので、ココ・シリーズにはいつもおいしそうなものが登場します。訳していて、わあ、食べてみたい！　と思うことがたびたびあったので、さっそくレシピをもとに、実際に作ってみることになったのです。

グルメな料理といっても、むずかしい料理、手間のかかる料理はひとつも入っていません。素人のわたしでも簡単に作れる料理ばかりを選びました。ただし、見栄えも味もなかなかですし、パーティー向けのメニューもたくさん入っていますので、いろいろな場面で活用していただけるかと思います。

実際、何度か自宅で試食会を開きましたが、とても好評でした。おいしい料理に舌鼓を打ちつつ、ココ・シリーズを読み返したり、読んでいなかった作品を新たに手にとったりしていただければ、とてもうれしく思います。

二十年前、ココ・シリーズの翻訳を早川書房から依頼されたのは、目が開いたばかりで公園に捨てられていたジョーンズを拾ったおかげでした。ジョーンズと遊んで手がひっかき傷だらけになっているのを見た担当編集者に、猫好きなら、と頼まれたのでした。そのときは、まさか二十年も続くシリーズになるとは思わなかったのですが、しみじみと不思議な縁《えにし》を感じます。

《ミステリ・マガジン》に連載した二年間は、ちょうどジョーンズの晩年二年間に重なります。最後の一回にたどり着くまで持病を抱えながらも元気でいて、エッセイのネタを提供してくれました。今は天国でおいしいものを思う存分食べて、楽しく過ごしていることでしょう。

最後になりましたが、連載のときにはおもにカメラマンや、肉をたたいたりの力仕事を担当してくださった木全一喜氏、そして連載中も連載後も、ずっと料理を手伝い、後半はカメラマンまでつとめ、最終的に本書の編集を担当してくださった小塚麻衣子氏に、心から感謝を捧げます。お二人の助力がなかったら、この本は完成しませんでした。

二〇〇八年一月

著者略歴　お茶の水女子大学英文科卒，英米文学翻訳家　訳書『アクロイド殺し』クリスティー，『蘭に魅せられた男』オーリアン，『猫はひげを自慢する』ブラウン（以上早川書房刊）他多数

HM=Hayakawa Mystery
SF=Science Fiction
JA=Japanese Author
NV=Novel
NF=Nonfiction
FT=Fantasy

猫《ねこ》はキッチンで奮闘《ふんとう》する

〈HM⑭-98〉

二〇〇八年一月二十日　印刷
二〇〇八年一月二十五日　発行

（定価はカバーに表示してあります）

著者　羽《は》田《た》詩《し》津《ず》子《こ》
発行者　早川浩
印刷者　草刈龍平
発行所　株式会社　早川書房

郵便番号　一〇一 - 〇〇四六
東京都千代田区神田多町二ノ二
電話　〇三 - 三二五二 - 三一一一（大代表）
振替　〇〇一六〇 - 三 - 四七七九九
http://www.hayakawa-online.co.jp

印刷・中央精版印刷株式会社　製本・株式会社川島製本所

ISBN978-4-15-077298-7 C0198